「ジャンケンよ！
正々堂々、ジャンケンで
勝負よ！」
「い、いいよっ！
ただし、ボクが勝ったら
肝試しだからねっ！」

「ちょっと幸太……その……胸、見すぎだから」

「えっと……。はは……。
パ、パーカーのチャックが壊れて
上がらなくなっちゃってさ〜」

「その……幸太はさ、もしもボクが結婚したら
……どう思う？」

いっつも塩対応な幼なじみだけど、俺に片想いしているのがバレバレでかわいい。3

六升六郎太

HJ文庫
981

口絵・本文イラスト　bun150

目次

プロローグ

明治維新《いしん》よりも少し前、婚姻《こんいん》において最も重要視される事が金や家柄《いえがら》であった時代。とある町に幼馴染《おさななじみ》の男女がいた。

二人は家がとなり合っているためか、幼い頃《ころ》から暇《ひま》を見つけてはお互《たが》いの家を行き来し、やれ面倒《めんどう》な仕事を押《お》しつけられただの、やれはす向かいの男が転んだなどと他愛《たあい》のない話をしてはケラケラと笑い合い、時には学のある男が女に文字の読み書きを教えたりもした。

いつしか、二人はお互いをかけがえのない存在だと認識《にんしき》し、当たり前のように意識するようになっていった。

しかしそんな折、男の方に縁談《えんだん》が持ち上がった。

なんでも相手は名家の出らしく、男の両親はその話に大層喜んだ。

その時代、恋愛《れんあい》などという概念《がいねん》は希薄《きはく》で、優先されるべきは親の意見ただ一つであった。

無論、男も内心では幼馴染の女を想《おも》いながらも、その縁談を断ろうとはしなかった。

男に縁談がきたことは、幼馴染の女の耳にも届いた。

そして、男がその縁談を受け入れたことも。

女は一晩中泣いた。

泣き明かした。

いつかこんな日がくるとはわかっていた。

同じ平民であれど、商《あきな》いを営む家の男と、農家の娘《むすめ》として生まれた自分。

家はとなり同士だが、そこには埋《う》められない溝《みぞ》があったのだ。

だが、それでも女は拭《ぬぐ》い去れない後悔《こうかい》をしていた。

ずっと秘《ひ》めてきた自分自身の想いを、男に告げないままではいたくないと。

男の縁談をどうにかしたいわけではない。

ただ、知っておいてほしいのだ。

自分が、男のことをどれほど愛していたのかを。

女の決意など露《つゆ》ほども知らない男は、自分の想いには蓋《ふた》をして、婚姻の日を待った。

そして当日、式へ向かおうとする男の家の戸に、一通の手紙が挟《はさ》まっていた。

中を見ると、そこには拙《つたな》い字で『どうか猫伏見橋《ねこふしみばし》をお通りになってください』とだけ書かれていた。

男はその拙い字で書かれた手紙が、幼馴染の女のものであることはすぐにわかった。

両親にそのことを伝え、式へ向かう前にその橋を通ることにした。

様々な商店が立ち並ぶ大通りを抜《ぬ》け、人波に身を任せるように歩を進めると、すぐに橋へ到着《とうちゃく》した。

男の視界の奥《おく》、人波の中に、その流れに逆らって橋の中央でぽつんと立っている幼馴染の女の姿を見つける。

男は一瞬《いっしゅん》、顔がほころびそうになるが、きゅっと口を結んでなんとか平静を装《よそお》った。

たとえお互いにお互いをどれほど愛していようとも、両親が決めた縁談には逆らえない。

二人ともそれをわかっている。

男が目を伏《ふ》せ、女の横を通り過ぎようとした時、女は意を決して口を開いた。

「あなたのことを、愛しています」

女は、その言葉が橋の上の喧騒《けんそう》にかき消されることを願った。だからわざわざ、人通りの多いここへ男を呼び出した。

けれど、女の言葉はたしかに男とその両親の耳に届いた。

男は、女を振《ふ》り返らずにぼそりと呟《つぶや》く。

「俺《おれ》も……愛してる」

その直後だった。

橋に立っていた人々が目を見開いて、一斉《いっせい》に空を見上げて指をさす。悲鳴にも似た叫《さけ》び声《ごえ》が飛び交《か》った。

幼馴染の男女も慌《あわ》ててそちらを見やると、そこには空中でふわりと浮《う》かんでいる人の姿があった。

炎《ほのお》のような真っ赤な髪《かみ》をなびかせ、神々《こうごう》しく光の帯を纏《まと》っている。

頭には獣《けもの》の耳を、そして腰《こし》の辺りには細長い尾《お》が神々しく揺《ゆ》れていた。

誰《だれ》ともなく声を上げた。

「天女《てんにょ》様だ！　天女様がいるぞ！」

その姿は、まごうことなき天女であった。

天女はストンと二人の間に着地すると、たった一言、

「邪魔《じゃま》だて無用」

と呟き、トンと地面を蹴《け》って飛び上がったかと思うと、そのまま町の方へと消えていっ

た。

辺りが騒然《そうぜん》となる中、一層慌てたのは男の両親だった。

天女が現れ、二人の間を邪魔するなとわざわざ警告してきたのだ。

こうなってしまっては今ある縁談など二の次である。人智《じんち》を超《こ》えた存在の言葉を無視などすれば、いったいどんな天罰《てんばつ》が降りかかってくるかわからない。

そうして、男の両親はすぐさま縁談を断り、幼馴染の二人に婚姻をさせるに至った。

なにがなんだかわからない幼馴染の二人であったが、自分たちの仲を天女様が祝福してくれたのだと大いに喜び、めでたく結ばれる運びとなった。

そのできごとは『天女の橋渡《はしわた》し』という話で町中を駆《か》け巡《めぐ》り、今でも毎年夏になると、下界に降りて来た天女のために祭りを開催《かいさい》するならわしが残っている。

第一章『夏と言えば！』

「――っていう昔話があってね、それでこの辺りでは毎年夏になると、天女様を讃《たた》える風習があるんだよ！」

夏真《ま》っ盛《さか》りの終業式が終わった放課後。夏休みの始まりに胸を躍《おど》らせながら帰路《きろ》に就《つ》く生徒たちを横目に、教室の前の席に座《すわ》るみずきはどこか得意げに指をピンと立ててそんなことをうそぶいた。

小さな胸をドンと張って背筋を伸《の》ばすと、色素の薄《うす》い髪の毛が揺れる。

そのやけに自信ありげな鼻につく表情でさえ、みずきがやると眩《まぶ》しいほどのかわいさに包まれた。

今唐突《とうとつ》に頭とかなでたら怒《おこ》られるだろうか。

「ちょっと幸太《こうた》！　聞いてるの⁉」

「え？　あ、あぁ、聞いてる聞いてる。昔幼馴染がどうのこうのってやつだろ。お前好きだよな、そういう甘《あま》ったるい恋愛話」

「いいじゃん！　甘ったるい恋愛話のなにが悪いのさ！」

「まぁ、俺も嫌《きら》いってわけじゃないけど……。天女のくだりはちょっと無理くりだよな。展開が急すぎてついていけねぇよ」

「この辺りはね、昔から天女信仰《しんこう》が根強い土地なんだって。目撃《もくげき》情報とか逸話《いつわ》もたくさん残ってるんだよっ」

「ふ～ん……」

ま、神様がいるんだし、天女ってのがいてもおかしくはないか……。

みずきはじとりとこちらを睨《にら》みつけると、つまらなそうに俺の机に肘《ひじ》をついた。

「ふ～んて……。随分《ずいぶん》興味なさそうな反応するじゃない……。つれないなぁ……」

「だいたい、幼馴染同士の恋愛なんて定番中の定番で、今更《いまさら》感がすごいっていうか……。お腹《なか》いっぱいっていうか――」

俺の言葉を遮《さえぎ》るように、横からガタンッと音がした。

何事かと恐《おそ》る恐る視線を移すと、勢いよく席から立ちあがったであろう綾乃《あやの》が鋭《するど》い視線をこちらへ向けていた。

長く流れるような黒髪《くろかみ》に、怒気《どき》をはらんで赤く染まった頬《ほお》がやけに目立つ。

普段《ふだん》はおしとやかに閉じられた唇《くちびる》も、今は『へ』の字にきゅっと結ばれていて、綾乃が不機嫌《ふきげん》であることは一瞬で見て取れた。

うわぁ……。なんかめっちゃ機嫌悪いんですけど……。

綾乃はわなわなと肩《かた》を震《ふる》わせると、その心の声がまっすぐ俺に飛んできた。

「《こうちゃんは全然わかってない！　幼馴染同士の恋愛を成就《じょうじゅ》させることがどれだけ難しいか！　私がいっつも、こうちゃんにどれだけ頑張《がんば》ってアピールしているか！　うぅ！　定番中の定番でもいいもん！　こうちゃんと一緒《いっしょ》になれるならどんな凡作《ぼんさく》にでもなるもん！》」

勝手に他人の話を盗《ぬす》み聞きしてキレるのやめてもらえませんかね……。

綾乃の気も知らず、みずきは思い出したように綾乃に言った。

「あっ、そうだ。夢見《ゆめみ》ケ崎《がさき》さんも『海岸線で君想う時』のサイン本持ってたってことは、あぁいう甘々《あまあま》な恋愛話好きなんでしょ？　だったら共感してくれるよねっ」

今にも飛びかからんばかりに肩をいからせていた綾乃だったが、みずきに話を振られるとなんとかぐっとこらえて席に座り直した。

「ま、まぁ、そうね。いくらストーリーや舞《ぶ》台《たい》設定がテンプレートなものだとしても、そこから生まれる一種の安心感はとても大切よ。最近では奇《き》をてらった恋愛小説なんてのも多く流通しているけれど、そんなもの、テンプレの安心感の前では無価値よ。特にその中でも、幼馴染同士の恋愛はいつの時代でも通用する王道設定。古典的でありながら、どんな物語でも最大限の効果を発揮する、最強の舞台装置。それは全人類の共通価値観と言っても過言ではないでしょう？」

急にめっちゃ喋《しゃべ》るじゃん……。

あと話しながらチラチラ俺の方見るのやめて……。

綾乃の答えに納得《なっとく》したのか、みずきは溌剌《はつらつ》とした笑《え》みを浮かべ、「だよねー！」と大きく頷《うなず》いた。

お前ほんとに綾乃の言ったこと全部理解できたの？

よくわからなくて適当に頷いてない？

みずきは改めて口火を切った。

「あ、それでね。その昔話にちなんだお祭りが――」

と、そこまで言いかけたところで、みずきのセリフをぶった切って綾乃は再び言葉を投げかけた。

「だから私、幼馴染が当て馬として使い捨てられる作品が大嫌《だいきら》いなの。『幼い頃から一緒にいたせいで恋愛対象としてみられない』とか主人公が言っちゃうやつ。そんな展開、誰に対して需要《じゅよう》があるの？　作者は幼馴染に親でも殺されたの？　自分の貧相《ひんそう》な頭で次の展開が思いつかないからって、安易に鬱描写《うつびょうしゃ》入れる作者は法律で裁かれるべきよ。二人もそう思わない？」

思わねぇよ。

つーかもう次の話題にいこうとしてただろ。

無理やりねじ込《こ》んできてわけわかんねぇこと言うなよ……。

みずきは、「あはは……」と苦笑いを浮かべ、綾乃の問いを適当に受け流した。

しかし、綾乃はそんなみずきをキッと睨みつけると、

「え？　なにその笑い？　どういう意味？」

だめだこいつ……。

絶対に逃《に》がさないつもりだ……。

うろたえるみずきに代わり、俺が間に割って入った。

「ま、まぁまぁ、その話はもういいじゃねぇか。それより――」

「よくない」

しつこい！

「そ、それより、さっきみずき、なにか言いかけてなかったか？」

未《いま》だに納得していない表情を浮かべる綾乃を無視し、無理やりみずきに話を振ると、みずきもわざとらしく、ぽん、と手を叩《たた》いて流れに乗った。

「そうそう！　えっとねー。さっき話した『天女の橋渡し』の話あるでしょ？　その天女様を毎年夏になったら讃える風習があるんだけど、夜店とか花火とかを盛大《せいだい》にやるお祭りがあるみたいなんだ！　よかったら一緒に行こうよ！」

「へぇ！　いいなぁ、それ！」

それまで、自分の幼馴染に対する熱い思いを無視されてご立腹だった綾乃が、「……花火？」と興味ありげに聞き返した。

「そういや綾乃、昔から花火とか好きだったよな？　どうだ？　一緒に行くだろ？」

まんざらでもないのか、綾乃は急にそわそわと目を泳がせ、

「《こ、こうちゃんと花火！　これは行かない選択肢《せんたくし》なんて存在しない！　けど西園寺《さいおんじ》くんも一緒かぁ……。どうせならこうちゃんと二人っきりで行きたかったなぁ……》」

誘《さそ》ってきたやつを除《の》け者《もの》にしようとするんじゃありません……。

綾乃は毛先を指でクルリと巻くと、

「ま、まぁ？　別に行ってあげてもいいわよ？　《むふふ。どんな浴衣《ゆかた》着て行こっかなぁ！》」

楽しそうでなによりだよ……。

綾乃の機嫌が直ったことに安堵《あんど》していると、不意にみずきがこうつけ加えた。

「そう言えば、さっきの話に出た『猫伏見橋《ねこふしみばし》』は今もあるみたいで、お祭りの日にその橋の上で告白すれば必ず成功するって言われてるんだってさ！」

「へぇ。そんな話があるのか。……で、猫伏見橋ってどこにあるんだ？」

「河川敷《かせんしき》の近くに大きな橋があるでしょ？　あれだってさ」

「あぁ～。あったなぁ、大きな橋」

……ん？

その話を聞いた途端《とたん》、綾乃の目がギラリと光るのを見逃《みのが》さなかった。

「《告白すれば必ず成功する⁉　そそそ、そんなの、神様が私に、こうちゃんに告白しろって言ってるようなものじゃない！》」

よく聞け。神様はそんなこと言ってない。

たぶん今頃昼寝《いまごろひるね》してるぞ。

今までの俺ならば、この綾乃の心の声を聞いて簡単に動揺《どうよう》し、あたふたと取り乱していたことだろう。

しかし、それももう過去のこと。

人というのは、学ぶ生き物なんだよ。

俺は意を決し、二人に言った。

「あ、そうだ。結奈《ゆな》も暇そうだから連れて行ってもいいか？」

みずきがコクリと頷き、

「うんっ！　もちろんいいよっ！　人数は多い方が楽しいしねっ！」

このやりとりを聞いた綾乃は、しゅんと落ち込んだように肩を落とした。

「《あぁ……。結奈ちゃんも来るのかぁ……。だったら結奈ちゃんをほっぽってこうちゃんと二人きりになんてなれないよね……。西園寺くんだけならまくのは簡単だと思ったんだけどなぁ……》」

みずきを簡単にまこうとするな。俺の唯一《ゆいいつ》の親友だぞ。

いや、まぁ、すぐにおっぱい出してくるようなやつではあるけど……。

なんにせよ、俺の作戦は難なく成功した。

いつもみずきを軽《かろ》んじている綾乃だが、結奈に対しては義姉《ぎし》にでもなっているつもりなのか、やたらと丁寧《ていねい》に接してくれる。

だから当日も結奈さえ連れて行っておけば、綾乃が結奈を一人にさせるはずがないのだ。

ふっふっふ。我《わ》が妹ながら便利なやつめ。

けど、あんまり結奈結奈言ってるとシスコンだと思われかねんし、この手はあまり多用できんな。

当てが外れて小さなため息を漏《も》らした綾乃は、打って変わってけだるそうにたずねた。

「それで？　その夏祭りはいつやるの？」

綾乃が乗り気になっているのが嬉《うれ》しいのか、みずきが笑顔《えがお》で答える。

「夏休みの最終日だよっ！」

「あら？　じゃあ、だいぶ先なのね」

「そうだね。それまでずっと会えないのも寂《さび》しいしさ、別の予定も今のうちに立てとこうよ！」

綾乃の口元がにやっと緩《ゆる》んだのを俺は見逃さなかった。

「し、しっかたないわねー！　そこまで言うなら私もつき合ってあげるわよ！　とりあえず夏だし海が手ごろでいいんじゃないかしら！　《この夏はこうちゃんの水着姿を写真に撮《と》る予定があるしねっ！》」

あれ？　俺そんな予定聞いてないよ？

ところが、綾乃の提案にみずきはゴクリと唾《つば》を飲《の》み込んだ。

「《ま、まずい……。海なんて行ったら水着を着なくちゃいけなくなる……。さすがにそんな恰好《かっこう》をすればボクが女だってバレちゃうよ！　……しかたない。泳げないって言ってボクは遠慮《えんりょ》しようかな……》」

しょんぼりと肩を落としたみずきだったが、俺と綾乃を交互に見ると、途端に頭を振った。

「《け、けどそれじゃあ、夢見ヶ崎さんと幸太が二人っきりで海に行っちゃうじゃないか！　もしもそこで夢見ヶ崎さんと幸太の仲が深まったりしたら……。そんなの……そんなのやだっ！　ボ、ボクに幸太とつき合える可能性がないのはわかってるけど……それでもまだまだ一緒にいたいもんっ！　ここはなんとしても、海以外の行先に変えてもらわないと！》」

うぅむ……。ストーカーの一件以来、みずきは俺を妙《みょう》に意識してくるな……。

いや、みずきってめちゃくちゃかわいいし、正直死ぬほど嬉しいんだけど……。

俺、告白されたら死ぬ体質だからなぁ……。

注意事項《じこう》その一、『使用者は愛の告白をされると死ぬ』

注意事項その二、『この能力は現在通っている学校を卒業するまで消えない。中退、および転校すると死ぬ』

注意事項その三、『この能力のことを無関係の人間に知られると死ぬ』

注意事項その四、『使用者に対する異性の好感度を急激に低下させて負の感情を肥大化させると、比例して心の声が増大し、使用者に頭痛を生じさせる。悪化すれば死ぬ』

注意事項その五、『愛の告白をされる際、約十秒前からカウントダウンが行われる』

やっぱ素直《すなお》には喜べねぇよ……。

みずきはぐいっと前のめりになって、

「夏と言えば肝試《きもだめ》しだよっ！　肝試しっ！」

「行ってらっしゃい、西園寺くん。一人で楽しんできてね」

「一緒に行こうよ夢見ヶ崎さん！　今そういう話してたよねっ⁉」

「冗談《じょうだん》よ」

「夢見ヶ崎さんが言うと冗談に聞こえないよぉ……」

綾乃が提案した海か、それともみずきが提案した肝試しか……。

肝試しとなると、近場の廃墟《はいきょ》とかそんなところに行くことになるのか？

幽霊《ゆうれい》なんて出るわけないし、サクッと行ってそんなに盛り上がらずに帰ることになりそうだな……。

だったら水着を着て露出《ろしゅつ》が増え、異性の目を否応《いやおう》なしに意識させる海よりも、肝試しに行く方が俺にとっては安全だ。

海に行くとなると、男装しているみずきは来ない可能性がある……。

綾乃と二人っきりで海なんて、そんなの完全にデートじゃないか……。

それだけはどうにか避《さ》けなければ……。

「俺もどちらかと言えば肝試し――」

「幸太は黙《だま》ってて！」

突然《とつぜん》ピシャッと一喝《いっかつ》した綾乃の声に、俺は「はい……」と押し黙ってしまった。

そこまで海に行きたいのか……。

綾乃はわなわなと震える拳《こぶし》をみずきに見せつけると、

「ジャンケンよ！　正々堂々、ジャンケンで勝負よ！　《絶対こうちゃんの水着姿見る！

絶対こうちゃんの水着姿見る！》」

わぁお！　最近の女子高生って邪《よこしま》ぁ！

綾乃の圧力には屈《くっ》せず、みずきはぐわっと立ち上がり、同様に拳を突《つ》き立てた。

「い、いいよっ！　ただし、ボクが勝ったら肝試しだからねっ！」

「ええ。二言はないわ」

「いくよ……。最初はグー！」

「ジャンケン――」

ポン、と出された二人の手。

綾乃はグー。みずきはチョキ。

結果、海に決定した。

綾乃はこぼれんばかりの笑みを浮かべ、「よしっ！」と力強くガッツポーズをしている。

「《っしゃあぁぁぁぁぁぁぁ！　これでこうちゃんの水着姿見放題だぁぁぁぁぁぁ！　お

触《さわ》りはありですかぁ⁉　ちょっとだけなら大丈夫ですかぁ⁉》」

大丈夫じゃないです……。

くっ……。綾乃の迫力《はくりょく》に負けて黙っちまったせいで、このジャンケンに介入《かいにゅう》し損《そこ》ねちまった……。

みずきは出したままのチョキを寂しそうにカチカチと動かしながら、深いため息をついた。

「はぁ……。海かぁ……。ボク、どうせ泳げないしなぁ《夢見ヶ崎さんと幸太を二人きりにするのはイヤだけど、ボクが女だってバレるわけにはいかないし、今回は諦《あきら》めるしかないよね……》」

まずい！　このままでは綾乃と二人きりでデートになってしまう！

それだけは回避《かいひ》しないと！

結奈か？　結奈を誘うか？

いや、だめだ！　祭りに続き海にも結奈を誘うと言えば、シスコンの烙印《らくいん》を押されかねん！

ここはなんとしてもみずきに来てもらわないと！

今にも消え入りそうなほど落ち込んでいるみずきの肩に手をのせ、

「ま、まぁまぁ、そう言うなよみずき！　泳ぐだけが海じゃないんだぞ？」

「え……？」

「砂浜《すなはま》でトンネル作ったり！」

「トンネル……」

「貝殻《かいがら》集めたり！」

「貝殻……」

「ビーチバレーしたり！」

「ビーチバレー……」

だ、だめだ！　どれもピンと来てない！

もっとみずきの気持ちを高めるようななにかはないのか……。

考えろ！　俺はみずきの親友だろ！　こいつの好きなものは大体わかってる！

「あ、あとは……えーっと……」

一つ思いつく。

思いつくにはつくが……。

「……えー……と……」

こいつの……好きなものは……。

頭をよぎったみずきの好きなものを口にするのははばかられたが、綾乃とのデートを回避するため、俺は腹を決めてその言葉を口にした。

「お……俺が……みずきがいないと寂しいじゃんか……」

ぼそりと呟いたあと、恐る恐るみずきの顔色を窺《うかが》うと、それまでの暗い表情とは一変して、ぱぁっと目をキラキラさせてこちらを見つめていた。

「幸太、ボクがいないと寂しいの？」

「え？　いや、まぁ……な」

みずきはにんまりといたずらっぽい笑みを浮かべ、

「へぇ！　そうなんだぁ！　幸太、ボクがいないと寂しいんだぁ！　へぇ！」

「な、なんだよ……。わりぃかよ……」

「えへへぇ。ぜ〜んぜん！　寂《さみ》しがり屋《や》な幸太のためだし、ボクも海に行ってあげるよ！　バレーボール持ってくねっ！」

「お、おぉ……」

は、恥《は》ずかしい……。

みずきが好きな『俺』を俺自身が利用することになるなんて……。

やべぇ……。絶対今めっちゃ顔赤い……。

みずきに見られないように顔逸《そ》らしとこ――ん？

ふいっと顔を横に向けると、そこには人でも殺めて来たのかと言わんばかりに冷たい表情をした綾乃と目が合った。

――こっわ。

戦慄《せんりつ》を覚えて体が硬直《こうちょく》すると、綾乃の心の声が次々と流《なが》れ込んできた。

「《せっかくこうちゃんと二人きりでデートできる流れだったのに……。どうしてこうちゃん、そんな余計なこと言うの？　というかなに？　西園寺くんがいないと寂しいって？　私と二人きりだと寂しいの？　え？　**そんなわけないよね、こうちゃん？**》」

どんどんと大きくなっていく綾乃の声は、やがてズキリと痛みを伴《ともな》って俺の頭の中に響《ひび》いた。

ぐっ！　ま、まずい！　綾乃の好感度を一気に下げ過ぎたせいで頭痛が！

どうにかしてごまかさないと！

「け、けど、綾乃と海に行くなんてほんと久しぶりだよなぁ！　前小学生の頃に行った時、綾乃と一緒に小魚捕《つか》まえたよな！　いやぁ、楽しかったなぁ！」

「《こうちゃん、私と遊んだ時のことしっかり覚えててくれたんだ！　嬉しい！　大好き！》」

簡単だな、こいつ。

詐欺《さぎ》とかに引っかかるなよ？

綾乃は見るからに機嫌を直すと、照れ隠《かく》しにふいっと顔を背《そむ》けた。

「ふ、ふん。そんな昔のこと覚えてないわよ《今思い出すと、こうちゃんはあの時からかっこよかったなぁ！　むふふ。今晩はあの日のことを一つずつ思い出しながら眠《ねむ》りにつこうっと！》」

羊数えるみたいな感じで俺との思い出を掘《ほ》り起こすな！

まぁ、なにはともあれ、学校は夏休みへと突入《とつにゅう》し、俺たちは三人で海へ行くことが決定した。

◇　◇　◇

「――というわけで、海へ行くことになりました」

神楽猫《かぐらねこ》神社。神社の縁側《えんがわ》でゴロンと転がってひなたぼっこをしている猫姫様《ねこひめさま》は、お腹を見せながらぐしぐしと耳をかいている。

「お前はまーた面倒な予定を立ててきおって。どうしてじっとしておれんのじゃ」

「だって遊びたかったんだもん……」

「子どもか！」

「まぁまぁ、今までもうまくやってこれましたし、大丈夫ですって！」

「こやつ……今の状況《じょうきょう》に慣れて危機感が欠落してきとる……。はぁ……。まぁよい。休息は誰にだって必要じゃ。それに、海と言えば海産物がよく獲《と》れおるしな。むふふ……。アジにイシダイ、するめいか！　どれも夏は旬《しゅん》じゃ！　油がよぉのって頬が落ちるほどうまい！」

「買ってこいってことですね……？」

「当たり前じゃろ！　そうでなければ海へなにしに行く気なんじゃ！」

「遊びにですよ……」

「水浴びなど性に合わん！　毛が濡《ぬ》れると気持ち悪くてかなわんからな！」

「……え？　もしかして猫姫様、風呂《ふろ》とか入ってないんですか……？　うわぁ……」

「あ、あほか！　神は風呂に入らんでも綺麗《きれい》なんじゃ！　その証拠《しょうこ》にわしは少しも臭《くさ》くなかろうが！　じゃからそんな顔するでないわい！　…………臭く、ないよな？」

一応気にはなるのか……。

「大丈夫ですよ……たぶん」

「たぶん⁉」

「いや、だって猫姫様の体臭《たいしゅう》とかよく知りませんし！」

「嗅《か》げ！　嗅いで確かめい！」

「確かめいって言われても――ふぐっ⁉」

それまで縁側でゴロンと転がっていた猫姫様は、急に上体を起こしたかと思うと、俺の頭を抱《だ》き寄せ、自分の胸へとぎゅうぎゅう押しつけてきた。

「ど、どうじゃ⁉　わしは臭いか⁉　臭いのか⁉」

「うぅ！　く、臭くないです！　普通《ふつう》です！」

「普通じゃと！　わしは神じゃぞ！　良き芳醇《ほうじゅん》な香りがすると言わぬか！」

「ほ、芳醇な香りがします……」

「それは真じゃろうな⁉」

あんたが今言わせたんだろうが……。

俺は猫姫様を押しのけると、再び抱き寄せられないように一歩退いた。

「ったく。ほんとに臭くはないですってば」

「むぅ……。それならば良いが……」

猫姫様はまだ自分の体臭が気になるのか、くんくんと自分の髪の毛を鼻に押し当てている。

誰に嗅がれるわけでもないのに、なにをそんなに気にしてるんだか……。

神様ってのはやっぱり変わってるなぁ……。

そんなことを考えていると、不意にみずきから聞いた『天女の橋渡し』の話を思い出した。

「あ、そうだ猫姫様」

「なんじゃ⁉　やっぱりわしは臭いのか⁉」

「いや、そうじゃなくて……。神様がいるってことは、やっぱり天女様もいるんですか？」

「天女？　なんじゃそれは？」

「天女っていうのは……あれ？　なんだろう？　聞いた話では、この辺りに伝わる昔話で、いろんな伝承が残ってるそうですよ」

「ふぅむ……。わしもこの辺りには長く住んでいるが、そういう輩《やから》を見かけたことはないのぉ」

「たしか、ふわっと空を飛べて……」

「ふむ」

「炎のような真っ赤な髪をした……」

「ふむ」

「……光の帯を……まとわせている……獣の耳と尻尾《しっぽ》が生えた……」

「ふぅむ」

あれ？　おかしいな……。

目の前にそんな特徴《とくちょう》をしてるやつがいる気がするぞ？

「あ、あの、猫姫様って、空とか飛んだりはでき……ませんよね？　あはは」

「あっはっは！　わしも空は飛べんな！　地面を蹴って長時間ふわふわ浮くことは可能じゃがな！」

…………。

「じゃ、じゃあ、そのいつも浮かせてる羽衣《はごろも》、光ったりはしませんよね？」

「おっ！　なんじゃ、よく知っておるな！　ほれ！　これはいつでも好きな時にライトアップが可能じゃぞ！」

ピカーン、と間抜《まぬ》けな光を放つ羽衣に、俺は思わず叫んでしまった。

「天女ってあんたのことかよ！」

猫姫様はビクリと毛を逆立て、

「な、なんじゃ急に大声を出しおって！　びっくりするではないか！」

「そりゃあ大声も出ますよ！　天女ってどう考えても猫姫様のことじゃないですか！」

「うにゃ？　わしが天女？　なにを言っておるんじゃ？」

「……猫姫様、もしかして昔はこの神社の外にも出られたんじゃないですか？」

「当然じゃ！　わしは神じゃぞ！　この地域一帯で好きに暮らしておったわい！　……じゃがなぁ、町中の魚を食らって日々を楽しく過ごしておったら、他の神に見つかってしもうてのぉ……。罰《ばつ》としてしばらくこの神社から出られんくされてしもうたんじゃ……」

その頃《ころ》から食い意地張ってたのか……。

「あの……じゃあ、どうして猫姫様は、橋の上で告白した男女の間に入って『邪魔だて無用』だなんて言ったんですか？」

「はて……？　よく覚えておらんなぁ……」

「『猫伏見橋』っていう、河川敷近くの結構大きな橋の上で言ったらしいんですけど……」

首を傾《かし》げる猫姫様のもとへ、にゃあ、とかわいらしい鳴き声を上げながら白夜《びゃくや》が近づいてきて、なにやらごにょごにょと喋っている。

それを聞いた猫姫様は、「あぁ、あの時か！」と思い出したようにぽんと手を叩いた。

「あれはじゃな、魚を盗み食いしとるのがバレて他の神に追いかけられとる時に、道を塞《ふさ》いで邪魔《じゃま》じゃったから吐《は》き捨てただけじゃ！　いやぁ懐《なつ》かしいのぉ！　あの頃はわしも若かったわい！　あっはっは！」

こ、こいつのせいで、『天女の橋渡し』なんて昔話が今でも言い伝えられていて、天女のために毎年祭りまで開催されて、その日橋の上で告白すれば必ず成功するなんて言われてるんだ……。

無駄《むだ》な告白スポット作ってんじゃねぇよ！

俺《おれ》の気も知らず、猫姫様は楽しそうに言い放った。

「ま、せいぜいがんばれ！」

ぐぬぬ！

◇　◇　◇

燦燦《さんさん》と降り注ぐ太陽の光。どこまでも広がる青い海。立ち並ぶ屋台から香るおいしそうな焼きそばの匂《にお》い。

夏休みが始まって早一週間。俺、綾乃、みずきの三人は電車を一時間ほど乗り継《つ》ぎ、海水浴客がひしめく海へとやってきていた。

「よし！　じゃあ、さっそく水着に着替《きが》えるとするか！」

後ろにいる二人を振《ふ》り返ると、みずきはそそくさと自分のバッグを抱《かか》え、

「ボ、ボクはトイレで着替えてくるよ《水着の上にパーカー着とけばバレないよね……》」

と、足早に行ってしまった。

俺が連れてきといてなんだけど、大変だなぁ、あいつ……。

長い黒髪を風になびかせながら、綾乃は目を細め、海の家に視線を向けた。

「どうしてかしらね……。海に来ると、無性《むしょう》に焼きそばが食べたくなるのは……」

「そういうのはまず泳いでからにしような……」

じゅるり、と今にも涎《よだれ》を垂らさんばかりの綾乃を更衣室《こういしつ》へ押し込み、俺も男用の方に入って水着に着替えた。

更衣室から出てはみたが、まだ二人とも戻《もど》っていなかったので、海の家でパラソルを借り、そこで体育座《ずわ》りをして一人海を眺《なが》めていた。

はぁ……。こういう時、もしもこのままひとりぼっちにされたらどうしようって心配に

なるの、俺だけじゃないよな？

　そのましばらくすると、背後から、ざっざっ、と砂を踏《ふ》みしめる音が聞こえ、声をかけられた。

「お、お待たせ、幸太」

「おう、綾乃。ようやく来た……か……」

　振り返り、綾乃の姿を見る。

　黒と白のボーダー模様が入った水着。肩紐《かたひも》とパンツにはそれぞれかわいらしいフリルがついていて、一見すれば幼い印象を与《あた》えかねないが、それらをすべて打ち消すほどの大きな胸が生み出す谷間は、やはり大人としか言いようがなかった。

　恥ずかしそうに頬を赤らめる綾乃ではあるが、その姿は普段一緒《ふだんいっしょ》にいる俺でさえ見惚《みと》れてしまうほどだった。

　周囲にいる海水浴客たちも、男女問わず綾乃に注目している。

「ちょ、ちょっと、なんとか言ってよ……」

　綾乃にそう言われ、はっと我に返った。

「あ、えと……。に……似合ってるよ……」

「そ、そう？　それならいいんだけど……《うはぁ！　こうちゃんの水着姿だぁぁぁ！

絶対写真撮る！》」

　無断での写真撮影《さつえい》はご遠慮ください。

　……にしても、やっぱり綾乃、胸デカいな！

　すげぇ谷間！　え？　俺あれ揉《も》んだことあるの？　すごくない？　今度ネットで自慢《じまん》して炎上《えんじょう》しよ！

　よいしょ、と綾乃がとなりに座ると、訝《いぶか》しげな表情で俺に言った。

「ちょっと幸太……その………胸、見すぎだから」

「えっ⁉　あっ！　す、すまん！　つい！」

「もう……《こうちゃんが私の胸ガン見してた！　それって完全に、私のこと女として意《い》識《しき》してるってことだよね！　きゃあ！　私今晩どうなっちゃうの⁉》」

　家に帰って一人で眠るんだよ。

　あぁ……。マジではずい……。ついつい綾乃の胸に釘付《くぎづ》けになってしまった……。

　気をつけないとな……。油断すると今でも視線が胸に吸い寄せられそうだ……。

「ところで、西園寺くんは？　まだ来てないの？　というか、どうしてわざわざトイレに着《き》替《が》えに行ったの？　更衣室は？」

「あぁ。あいつは昔っから恥ずかしがり屋でな。体育の時間でもみんなと一緒《いっしょ》に着替えたりはしねぇんだ。肌《はだ》を見せるのが恥ずかしいんだとよ。だから綾乃も、無理に見ようとしないでやってくれよな」

「へぇ、そうなのね。わかったわ《そもそもこうちゃんの裸《はだか》以外興味ないし》」

それはそれでだめだろ。

けど、これでみずきが一日中パーカーを羽織っていたところで、綾乃がそれを脱《ぬ》がすようなことはしないだろう。

我ながらナイスアシストだ。

「お、お待たせ～……」

と、どこか気弱なみずきの声が聞こえ、そちらに視線を向けると、男物のだぼっとしたハーフズボン型の水着をはき、上には青色のパーカーを羽織っている。

だが、何故《なぜ》かそのパーカーの前方についているチャックは全開で、お腹《なか》から胸にかけて肌が完全に露出していた。

それは男の水着姿としては普通だが、女性がしているとなれば話は別だ。

何故なら、今まさに、みずきの胸を隠しているのは、チャックが全開にされたこのパーカーだけなのだから。

少しでも風が吹《ふ》いてパーカーがめくれでもすれば、見えてはいけない部分がいともたやすぐ露《あらわ》になってしまうことだろう。

み、みずき！　どうしてチャックを閉めてねぇんだよ！

みずきは恥ずかしそうに顔を真っ赤にし、両手の指をからませながら、太ももをもじもじとこすり、

「えっと……。はは……。パ、パーカーのチャックが壊《こわ》れて上がらなくなっちゃってさ～。いやぁ、びっくり《あわわわわ！　や、やっぱりこんな格好で人前に出るなんて恥ずかしいよぉ！　スースーする！　胸の辺りがスースーする！》」

チャックが壊れちゃったかぁ……。

それで胸を露出させちゃったかぁ……。

ふ～ん……。

…………。

またかよ！　俺のアシストを速攻《そっこう》で無下にしてんじゃねぇよ！

お前はいっつもいっつも胸出してんな！　取り繕《つくろ》うこっちの身にもなれよ！

と、心の中で叫《さけ》んでいると、横に座っていた綾乃が立ち上がり、そそくさとみずきのパーカーに手をかけた。

その突然の行動に、みずきは慌《あわ》てふためき、

「ちょ、ちょっと夢見ヶ崎さん!?　なにしてるのさ！」

「なにって、チャックを直してあげようとしてるんじゃないの。だからあんまり動かないでよね」

カチャカチャと真剣《しんけん》にチャックをいじくっている綾乃。

けれど、綾乃がそうやってパーカーの裾《すそ》を持ち上げるたび、布がよれてみずきの胸が完全に俺の視界に飛び込《こ》んできた。

だがそんな状況でも、俺はできる限り平静を装《よそお》う他なかった。ここで俺が変に反応すれば、みずきが女であることを知っているとバレてしまう。

みずきはみずきで、自分が女であることを隠すため、いくら胸が露になっても石像のように硬直する以外には何一つできなかった。

「《み、見られてる！　絶対今、ボクの大事なところ幸太に見られてる！》」

し、しかたねぇだろ！　俺だって見たくて見たわけじゃねぇよ！

けどなんかすいません！

心の中でみずきに謝《あやま》りつつも、幸運なことに終始パーカーのチャックに気を向けていた綾乃は、みずきの妙に膨《ふく》らんだ胸に気づくことはなかった。

「だめね。完全に壊れてるわ」

「あ、あはは……。そっかぁ……」

最早《もはや》ゆでだこのように顔を赤らめているみずきは、へらへらと笑いながら頭をかいた。

かわいそうに……。連れてきてごめんな……。

綾乃が諦めてチャックから手を離すと、みずきはさっと両手でパーカーを整え、できるだけ肌が露出しないように心がけた。

「《ほんとは前がはだけないようにずっと押さえてたいけど、そんなことしてたら不自然だし……。できるだけゆっくり動いて周りから胸が見えないようにするしかないよね……。き、緊張《きんちょう》してずっとドキドキしてるよぉ……》」

大丈夫か、こいつ？

マジで胸見せるのクセになってきてるんじゃ……。

みずきはできるだけ自然な風を装って、

「えっと……。じゃ、じゃあ、二人とも海で遊んできなよ。ボクはパラソルの下にいるからさ」

「なに言ってるのよ西園寺くん。自分だけサボる気なの？」

「サボる？　なにを？」

「なにをって……。海に来たら普通さがすでしょ、ナマコ」

さがさねぇよ？

「ナマコがいるのは浅瀬《あさせ》だから、泳げない西園寺くんでも問題ないわ。手伝ってちょうだい。二人より三人の方が早く見つかるでしょう？」

え？　俺すでに数に入れられてるんですか？

「う、うぅ……。け、けど、ボク……《あ、あんまり近くにいたら、またおっぱい見られちゃうかもしれないし……》」

「それとも、なにか別の理由があって海に入れないのかしら？」

「なっ⁉　ち、違《ちが》うよ！　全然違う！　あー、ナマコ見つけるの楽しみだなー！」

「そう？　ならお願いするわ《てっきり魚が怖《こわ》いのかと思ったけど、私の勘違《かんちが》いだったみたいね。つまんない……》」

お前、もしもみずきが魚嫌《ぎら》いだったら捕まえてくる気だったろ……。

小学生の頃、めっちゃでかい蜘蛛《くも》持って追いかけ回されたのまだ忘れてねぇからな。

「にしても綾乃、ナマコなんて好きだったのか？」

「別に？　生きてるのを見たことがないから見たいだけよ」

それでよく、海に来たら普通はナマコさがすでしょ、って言ったな。

押し寄せる波にパシャパシャと足を進めると、足裏の砂が波の動きに合わせてさぁっと引いていくのが妙にこそばゆかった。

となりにいた綾乃は「あはは！」と楽しそうな笑い声を上げて、ぴょこんと足を引き上げた。

「思ってたよりくすぐったいわね！　海なんて久々だから忘れてたわ！」

「俺も久しぶりに来たけど、やっぱり海に入る瞬間《しゅんかん》はわくわくするもんだな」

「《あっ！　そうだっ！　転んだふりしてこうちゃんに抱きつけるかもしんない！》」

突然の邪《よこしま》な考えやめろ。

「《よぉし！　よく狙《ねら》って……。ここだ！》」

押し寄せてきた波に乗るように、綾乃は大きく一歩を踏み出し、バランスを崩《くず》したフリをして俺の方へと飛び込んだ。

甘《あま》い！

こちらに飛び込んできた綾乃を華麗《かれい》に避けると、綾乃はそのままドボンと顔から水中へ突っ込んでしまった。

「だ、大丈夫か、綾乃？」

恐《おそ》る恐るたずねると、ずぶ濡れになり、頭の上に海藻《かいそう》をのせた綾乃がのっそりと立ち上がり、中腰《ちゅうごし》でこちらをキッと見据《みす》えた。

「《いけないいけない……。私としたことが油断してたわ……。きちんと狙いを定めて飛び込まないと、こうちゃんにぎゅっとなんかできないわよね……。次こそ、絶対に外さないんだから！》」

わぁ！　全然心折れてなーい！

むしろやる気スイッチ入っちゃってるし！

面倒《めんどう》くさいなぁ……。

ガバディよろしく、じりじりと距離《きょり》を詰《つ》めてくる綾乃。

どうしたものかと考えあぐねていると、「つめたーいっ！」ときゃっきゃしながら波を蹴《け》っているみずきを発見した。

よし。これを使おう。

無邪気《むじゃき》に海を堪能《たんのう》しているみずきの肩《かた》をつかみ、そのまま「えーい」と綾乃の方へ放り投げると、二人ともこんがらがってそのままバシャンと水の中へ姿を消した。

やがて、ぷはぁ、と顔を出した二人は、全身ずぶ濡れで不機嫌《ふきげん》そうに眉《まゆ》をひそめた。

「ちょっと幸太！　なにするのさぁ！　あ～あ。パーカーまでビショビショだよぉ」

「うぅ……《どうせならこうちゃんと一緒に転びたかったぁ……》」

「あはは。悪い悪い。ちょっとした冗談だよ」

これで綾乃も少しは頭を冷やせただろう。みずきには悪いが、あとで焼きそばでもおごっておけば問題あるまい。

もぉ、と不満を漏《も》らす二人に手を伸《の》ばし、立たせようとした時、水が滴《したた》った二人の姿が普段《ふだん》とは違ってどこか艶《なま》めかしさを漂《ただよ》わせていて、一瞬《いっしゅん》ドキリとした。

動きを止めてしまった俺に、みずきが問いかける。

「幸太？　どうかしたの？」

こてん。

かわいい（確信）。

咄嗟《とっさ》に綾乃の方に視線を向けるが、水を吸《す》い込んでぴっちりと胸に張りついた水着を見てしまい、目のやり場に困ってしまった。

おかしい。綾乃もみずきも普段から一緒にいるのに、水着を着てるってだけでここまで印象が変わるものなのか……。

エロいとかわいいが同時に存在しているなんて、ここは楽園か？

ぶんぶんと頭を振っていかがわしい考えを捨て、改めて二人の手を取って立ち上がるのを補助しようとするが、綾乃とみずきが顔を見合わせたと思うと、次の瞬間に「せーのっ」と二人とも後ろへ倒《たお》れ込み、俺まで海へと引っぱり込まれてしまった。

咄嗟に体をかばおうとして両手を前に突き出すと、大量の海水に視界が奪《うば》われた。

水底に手をついて立ち上がろうとするも、左手のひらにふにっとした柔《やわ》らかい感触《かんしょく》が伝わる。

なんだ、この柔らかい物体は……？

……いや、待て！

俺は知っているぞ！　こんがらがって倒れた男女！　その男の手のひらには身に覚えのない柔らかい感触！　そして指に力を込めると適度に押し返してくるこの感触！

ま、間違《まちが》いない！　これはおっぱ――

そう思い、水中から顔を出してパッと目を見開くと、俺の左手にはふにふにと弾力《だんりょく》のあるナマコが握《にぎ》られていた。

…………。

俺が握りしめているナマコに気づいた綾乃が、興味深そうに近寄って来る。

「あっ！　ナマコ見つけたのね！　私にも触らせ――」

俺は綾乃にナマコを渡《わた》すことなく、そのまま全力で沖の方へとぶん投げた。

俺の期待を裏切った強い憎《にく》しみを込めて。

「ちょっと！　なんで投げるのよ！」

「今のはあいつが悪い。男の純情をもてあそびやがって……」

「なんで⁉　この一瞬でナマコになにされたの⁉」

次見つけたらポン酢《ず》につけて食ってやる……。

こちらの事情も知らず、「ナマコってよく飛ぶんだねー」とズレたことを言いながら立ち上がるみずき。

そんなみずきに、突然《とつぜん》綾乃が叫んだ。

「西園寺くん！　危ない！」

「へっ？」

綾乃が叫んだ意味も分からないまま呆気《あっけ》に取られていると、あろうことか、綾乃はみずきが着ているパーカーを勢いよく剥《は》いでしまった。

　服にしみ込んだ海水の粒《つぶ》が舞《ま》い上がる中、上半身が丸見えになったみずきが目を丸くしている。

「なっ⁉　なあぁぁぁぁぁ⁉」

　隠すものを奪われてしまったみずきは、慌てて近くにいる俺の腕《うで》を引っ張り、自分の前に立たせ、周囲に胸が見えないようにカバーした。

　目隠《めかく》し代わりにされた背中越《ご》しに、さっきのナマコとは比べ物にならないほど柔らかい二つの物体がふわりとぶつかった。

「ちょ、ちょっとみずき⁉」

「だぁぁぁ！　もうじっとしてて！」

「い、いやでも……」

　めっちゃ当たってるんですけど⁉

「い、いいから！　ちょっとだけだから！」

　今までになく慌てているみずき。

　そりゃそうだ。ここは衆人環視《しゅうじんかんし》の海水浴場。俺たち以外にも海水浴客がひしめき合っている。

そんな中、みずきはおっぱいを出しながら無防備に突《つ》っ立っているのだから、この状況で慌てない方がどうかしている。

だがそれはそれとして、ぴったりとくっついたみずきの感触に俺はドギマギしっぱなしだった。

ほのかに伝わってくるみずきの体温。細い指が絡《から》みついた腕。ハァハァと艶めかしい呼吸が首筋にぶつかった。

な、なんなんだこのエロい状況は……。

「《やっば！　完全に幸太におっぱいくっつけちゃってるんですけど！　け、けど、周りは人でいっぱいだし、離れたら絶対横から見られちゃう……。うぅ！　どうしたらいいのさ！》」

それな！

と、とにかく、一刻も早く綾乃からみずきのパーカーを取り戻さなければ！

「あ、綾乃！　突然《とつぜん》なんてことするんだ！　みずきは肌を見られるのを嫌《いや》がってるって言っただろ！」

慌てふためいている俺とみずきを他所に、綾乃は真剣な面持《おもも》ちでパーカーをくいっと持ち上げた。

「ほら、これ」

そう言って差し出されたみずきのパーカーのフードには、透明《とうめい》なクラゲが一匹《ぴき》ぷよんとおさまっていた。

「クラゲ……？」

「刺《さ》されたら大変でしょ？」

綾乃がそう言いながらフードを裏返すと、クラゲはぽちゃんと海へ落下した。

「はい、西園寺くん。悪かったわね、突然脱《ぬ》がせちゃって。けど、刺されるよりもマシでしょう？」

みずきは未《いま》だに俺の背中にぴったりとくっついたまま、おずおずと手を伸ばし、無事にパーカーを受け取った。

みずきのその様子に、綾乃の目が一瞬暗く光った。

「それにしても、ちょっと二人、くっつきすぎじゃない？」

「ひっ⁉」

凄《すご》まれたみずきは直ちにパーカーを羽織ると、俺から距離を取った。

「ハ、ハナレマシタ。ボク、モウチカクナイヨ」

何故片言？

「ふん。まぁいいわ。それより、クラゲが引くまで砂浜《すなはま》で時間を潰《つぶ》しましょう。お腹も減ったしね」

こうして、俺たちはなんとか生きたまま海から出ることができたのだった。

◇　◇　◇

「じゃあ、二人とも焼きそばでいいか？」

「ええ。お願いするわ」

「ボクも一緒に行こうか？」

「いいって。すぐ戻って来るから待ってろよ。じゃ」

そう言い残し、俺は一人焼きそばの屋台を出していた海の家へと足を向けた。

道中、チャラついた男子学生たちが女性陣《じょせいじん》に声をかけながら横を通り過ぎ、その向こうでは酔《よ》っ払《ぱら》いが監視員《かんしいん》と揉めているのが目に留《と》まった。

この海水浴場は治安がいいってネットに書いてあったけど、やっぱりたくさん人が集まれば多少のトラブルとかも起きるよな……。

ふと、置いてきた二人のことが頭を過った。

あの二人、大丈夫だよな……。

ナンパとかされてないよな……。

こっちは一人半裸《はんら》だぞ。みずきが女だってバレたら完全に誘《さそ》ってると誤解されるじゃねぇか……。

嫌な予感はどんどんと膨らみ、俺は早足で屋台までたどり着くと、出来合いの焼きそばを三つ購入《こうにゅう》し、そのまま急いで二人のもとへ向かった。

大丈夫だとは思うけど、万が一ってこともあるし……。

あ、でも……。もしも二人が本当にナンパされてたとして、それを俺が助けたってなるとまた好感度が上がっちまわねぇか……？

監視員さんを呼んで助けてもらうか？

けどそんなことしてる間にみずきが女だってバレたら大事になるしなぁ……。

とにかく今は、二人の安全を祈《いの》って急ぐことしか――

と、三人分の焼きそばを抱えて小走りで砂浜を駆《か》けていると、急に二人の人物が前に立ちふさがり、俺は慌てて足を止めた。

「お兄さん、ちょっといい？」

声をかけてきたのは大学生くらいの二人の女性で、共に肌を真っ黒に焼いていて、パーマのかかった髪《かみ》の毛を金色に染めている。

身に着けている水着は今にも大事なところが見えてしまいそうなほど際どく、どうして自分が声をかけられたのかはとんと見当がつかなかった。

「えっと……。お兄さんって、俺のことですか？」

「そっそー！　君以外に誰《だれ》もいないっしょ？　ぎゃはは！」

豪快《ごうかい》な笑い方……というよりも、ちょっと品のない笑い方であった。

こんな前時代的なギャルの知り合いはいないはずだけど……。

「な、なんでしょうか？　ちょっと俺、今急いでるんですけど……」

「まぁまぁ！　ちょっとくらい良いっしょ！　ウチらと遊ぼうよ！」

「遊ぶ？」

「そうそう！　なんつーか？　ウチら二人してこんな見た目だけど、地味系がタイプなわけ！　でさー！　ぶっちゃけお兄さんとひと夏の思い出作っちゃおっかなー的な？」

…………。

……え？　もしかして、俺今逆ナンされてる？

しかもこんな見るからに肉食系の女子二人に？

「い、いや！　俺、まだ高校生なんで！　そういうのはちょっと……」

「えぇー！　高校生！　わっかーい！　ってもウチらもまだ十九だし、そんな変わんないか！　ぎゃはは！」

十九……。十九でこんな際どい水着を着れるようになるのか……。

「あ、あの、ほんとすいません……。連れを待たせてるので通してください……」

「いいじゃんいいじゃん！　連れより先に——卒業しちゃおうよっ」


く、喰《く》われる⁉


身の危険を感じてじりじりと距離を取っていると、ギャルの後ろから二つの人影《ひとかげ》が声をかけた。

「ちょっと待ちなさい！　幸太は私たちの連れよ！」

「そうだそうだ！　ボクだってやる時はやるぞ！　……たぶん」

ドン、と腕を組んでギャルを威圧《いあつ》している綾乃。

その横には、ぷんすかと両手を振り上げて怒《おこ》っているみずきの姿があった。

二人のギャルは一瞬、「は？　なにあんたら？　もしかしてこの子の連れ？」と、綾乃とみずきにつっかからんばかりの勢いだったが、ギャルの一人がみずきを見るなり、もう一人のギャルに耳打ちした。

「ちょ、ちょっとちょっと！　ヤバいって！　あいつ！　完全に胸出してるって！」

「……え？　うそ……。あ、あいつ女子じゃないの？」

「女子女子！　それなのに胸出してる！　パーカーだけ！　パーカー露出《ろしゅつ》女だよ！」

「うっわ……。完全に頭のネジ一本外れてんじゃん……」

「あんま関わんない方がいいよ！　行こ行こ！」

「それな！」

と、ヒソヒソと早口で会話し、二人のギャルはみずきから逃《に》げるように人混みへと走り去った。

ギャル二人の背中をいつまでも忌々《いまいま》しく睨《にら》んでいた綾乃とみずきだったが、三人分の焼きそばを抱えて小さくなっている俺のもとまで寄ってくると、ニコッと笑顔《えがお》を作った。

「幸太、大丈夫？　また野生のギャルに囲まれたら私に言いなさい。助けてあげるから」

「ボクもできる限り力になるよ！」

え⁉　なにこの二人、チョーカッコイイんですけど⁉

トクン、と俺の心臓がときめきで高鳴るのを、頭を振って必死に沈《しず》めた。

違う違う。俺の二人に対する好感度を上げてどうすんだって。

つーか、完全にみずきが女だってバレてたじゃねぇか。

バレてた上でエロ水着を着たギャルを上回る痴女認定《ちじょにんてい》されて引かれてんじゃねぇか。

いやまぁ、そのかわいい顔だとバレる時は普通《ふつう》にバレるよねー。

しかたないよねー、うん。

その後もなんだかんだ三人で楽しく海を堪能し、俺たちは無事帰路《きろ》についた。

◇　◇　◇

帰りの電車の中。

夕日に染まった車内がゴトゴトと揺《ゆ》れている。

海で遊んですっかり疲《つか》れてしまったのか、みずきはすぅすぅと小さな寝息《ねいき》を立てている。

俺もうつらうつらし始めた頃、綾乃がチラチラとこちらを盗《ぬす》み見ているのに気がついた。

「《夏祭り……。現地集合じゃなくて、時間を合わせて一緒に行こうってこうちゃんに言わないと……。ゆ、結奈ちゃんもいるみたいだし、家もとなり同士だし、それくらい提案しても変に思われないよね……？》」

ほぼ毎朝玄関《げんかん》で張ってるくせに、何故今更《なぜいまさら》そんなことを気にするんだ？

乙女心《おとめごころ》わかんねー……。

綾乃はもじもじと恥《は》ずかしそうに目を伏《ふ》せると、

「あ、あのさ、幸太……」

「なんだ？」

「その……夏祭り、一緒に行った方が、現地で待ち合わせするよりも効率的だと思うのよ……。だ、だってその方が、行き違いとかにならなくていいでしょ？　だ、だから……」

綾乃はそっと上目遣《うわめづか》いで、

「一緒に、行こ？」

その素直《すなお》な綾乃の言葉に、思わずドキリとした。

きっと、綾乃と再会したばかりの時であれば、彼女がその提案をするのにもずっと時間がかかっていたに違いない。

けど、今はこんなに素直に言ってくれる。

その事実が、綾乃が俺を信頼《しんらい》してくれているのだと嬉《うれ》しくなる一方、猫姫様《ねこひめさま》から好感度を上げ過ぎるな、なんて怒られるかもしれないな、とも思った。

俺はなんだか照れくさくて、車窓に反射した綾乃の目を見ながら言った。

「俺は最初からそのつもりだったぞ」

夕日のせいか、それとも別の何かのせいか、綾乃は赤く染まった顔を恥ずかしそうに逸《そ》らすと、「そっか」とだけ、嬉しそうに応えた。

第二章『パーティータイム』

あれから数日が経過した頃《ころ》。海に行った際に特産物だとかで大量に売っていた魚を鞄《かばん》に詰め込み、俺《おれ》は神楽猫《かぐらねこ》神社へ行こうと玄関《げんかん》の扉《とびら》を開けた。

「猫姫様、お土産《みやげ》がただの生魚だと文句言ってくるかな……。いや、あの人は食えたらなんでも喜ぶか」

万が一猫姫様に生魚が受け入れられなかった時の言い訳を考えつつ、家の前の道路へと足を踏み出すと、横から猛《もう》スピードで車が接近してきて、キキー、と甲高《かんだか》い音を立て、目の前で停車した。

一見してわかる、高級そうな黒塗《くろぬ》りの外車。常人では乗ることさえためらわれるような人を寄せ付けぬ威圧感を持っている。

なんだ……？

顔をしかめていると、運転席と助手席のドアが開き、これまた一見すればわかるほど怪《あや》しい、黒服にサングラスの女二人が姿を現した。

なんだ、なんだ……？

状況《じょうきょう》についていけず、接近する黒服の二人をぽけぇっと間抜《まぬ》けに眺めていると、俺はいつの間にか両脇《りょうわき》を抱《かか》えられ、そのまま後部座席にポンと放《ほう》り込まれた。

…………？

その非日常な光景に、俺は抵抗《ていこう》することすら思いつかず、ただただ馬鹿みたいに、高級車の座席ってふかふかなんだなぁ、なんて考えていた。

やがて、俺を後部座席に乗せた二人が再び車に乗り込み、エンジンをかけ、車窓から見える景色が後方へと流れ去っていくのを見て、ようやく今自分の身になにが起こっているのかを理解できた。


「あれ⁉　俺、今誘拐《ゆうかい》されてる⁉」


そんな遅《おそ》すぎる心の叫びに、横から呆《あき》れたような女の人の声がボソリと聞こえる。

「君はあれだな。生物としての警戒心《けいかいしん》が致命的《ちめいてき》に足りていないな。さすがに無抵抗《むていこう》で車に乗り込むとは思わなかったぞ」

声の主を見てみると、そこにはみずきの姉、西園寺《さいおんじ》あかりが呆れた顔をして座っていた。

西園寺あかりはみずきの姉ではあるが、血は繋《つな》がっていない。だが、みずきのことを実の妹のようにかわいがっていて、俺たちが通う峰淵《みねぶち》高校の理事長を務めている。

この前会った時と同じ、襟《えり》の尖《とが》った真っ白なスーツに、革製《かわせい》の手袋《てぶくろ》をはめている。

どうやらこれが彼女《かのじょ》の正装らしい。

「あ……。えっと、理事長……。お、おはようございます」

「あいさつなんてしてる場合か……。ったく。君は竜崎《りゅうざき》つくしの凶刃《きょうじん》からみずきを守った気概《きがい》のある男だろう。それなりの対応をしてくれなくては、君を推《お》している私の立場がないではないか」

「す、すいません……」

え？　理事長俺推しなの？

「あの、一ついいですか？」

「君が聞きたいことはわかっている。私がどうしてこんなことをしたのか、だろう？」

「いえ、違います。鞄の中に生魚が入っているので、時間がかかる用事なら冷蔵庫をお借りできないかと」

「……君はあれだな。やっぱり普通じゃないな」

「え？　そうですか？　……けど、冷やさないと傷みますし……」

「わかったわかった！　魚は冷やして、あとで君の家に送っておく。だからそんなことよりも今はもっと私たちの行動に興味を持ってくれ。そうじゃないとこんな大仰《おおぎょう》なことをしたのが恥ずかしくなってくるだろう」

猫姫様たちへのお土産の安全を確保し終えると、俺はようやく本題へと入った。

「それで？　どうして俺は誘拐されているんですか？」

一旦《いったん》魚の話をはさんだのが悪かったのか、理事長はなんだか腑《ふ》に落ちないような表情を浮《う》かべていたが、一度短いため息をついてから答えてくれた。

「……実はな、今日、これから西園寺家の本家が主催《しゅさい》するパーティーが開かれる。君にはそのパーティーに、みずきと一緒に参加してほしいんだ」

パーティー？　パーティーっていうとあれだよな？　食べたり飲んだりする……。

なんで俺が西園寺家のパーティーに招かれるんだ？

ま、まさか！　みずきの彼氏《かれし》として――

「君にはみずきのボディガードをしてもらいたい」

あぁ……。そうですか……。

まぁ彼氏としてじゃないわな。

理事長も、俺がみずきの正体に気づいてるって知らないわけだし……。

「ボディガード、ですか？　いや、たしかに俺は一度、竜崎つくしからみずきを守りましたけど、あれはたまたまで、特に格闘技《かくとうぎ》とかやってないですよ？　むしろ妹の方が強いですよ？」

「大丈夫だ。最初から君にそういうことは期待していない」

そうハッキリ言われるとちょっと傷つくんですけどね……。

男心も少しは考えてください……。

スーッと車が信号で停車すると、なにやら外からわいわいと賑《にぎ》やかな声が聞こえてきて、俺も理事長もそちらへ視線を向けた。

商店街の入り口に、『オムライス大食い選手権』なる垂れ幕がかかっており、たくさんの人で混み合っている。

その向こうに設置された舞台《ぶたい》上では、巨漢《きょかん》たちが一皿のオムライスを平らげるのに苦戦する中、三皿目をペロリと平らげている結奈の姿があった。

毛先のくるりと跳《は》ねた髪を肩口《かたぐち》で切りそろえ、俺とはまったく似ていない溌剌《はつらつ》とした目を輝《かがや》かせている。

その異様な光景に呆然《ぼうぜん》としていると、理事長が言った。

「あれは……たしか、君の妹じゃないか？」

何故《なぜ》あなたが結奈の顔を知っている……。

調べたのか？　そうなのか？

「そう……みたいですね」

「彼女はいろんな大食い店から出禁を言い渡されるほどの実力を持ったフードファイターらしいが、目《ま》の当たりにするとなかなか迫力《はくりょく》があるな」

何故あなたがそんなことを知っている。

調べたのか？　そうなのか？

まぁ、たしかに結奈の部屋の中からしょっちゅう食べ物の匂《にお》いがするなぁとは思ってたけども……。

出禁にされるほど食《く》い荒《あ》らしてるなんて、お兄ちゃんちょっと恥ずかしいよ……。

「あ、ほら。信号変わりましたよ。出してください」

「いいのか？　妹の応援《おうえん》をしなくて」

「え、ええ。まぁ……」

今の光景は見なかったことにしよう……。

フードファイト中の実妹《じつまい》を横目に、再び車は走り始める。

「そ、それで、話を戻《もど》しますが、俺にみずきのボディガードをさせたいということですが……。その理由を詳《くわ》しく教えてもらえますか？」

「うむ。前にも少し話したが、西園寺家、とは一くくりに言っても、本家と分家ではまったく立場が違う。本家の人間は、女の養子である私や、私を引き取った両親に対して嫌がらせをするようなゲス共だ。だが、それを可能にするだけの権力がある。今回のパーティーは分家である我々も強制的に参加させられるのだが、妙《みょう》なことに、私と両親、それにいつもみずきの面倒をみてくれているメイドは、本家から別の用事を言いつけられ、パーティーには参加できない」

メイド……。雨宮《あまみや》先生のことか……。

「……つまり、そのパーティーにはみずき一人で参加しなければいけないということですか？」

「そうだ。はっきり言おう。私は本家の人間などこれっぽっちも信用していない。だからこそ、そんな輩《やから》が集まる場所へ、みずきを一人で送り出したくはないのだ」

「だから、俺をみずきのボディガードとしてパーティーに送り込《こ》むということですか？」

「ボディガード、ではあるが、便宜《べんぎ》上はみずきが招いた友人という形で参加してもらう。

私の部下をつけてやりたいところだが、部下は一応西園寺家そのものに仕えていることになっている。本家の者から帰れと命令されれば従う他ない。しかし、みずきの友人であり、客人として参加した者であれば別だ。本家、分家の立場に囚《とら》われることなく、みずきの傍《そば》にいてやれる」

つくづくみずきの家柄《いえがら》には面倒なことがつきまとうな……。

よくわからないけど、金持ちってどこもこんな感じなのか？

「けど、俺、たぶんなにもできませんよ？　金も権力もないただの高校生ですし」

「だが、君はみずきの友達だろう？」

そう言われてしまえば、俺に断ることなんてできなかった。

……いや、違うな。

みずきのためだと聞かされた時から、俺に断る気などさらさらなくなっていた。

みずきには今まで散々助けられてきた。

だから、俺がみずきを見捨てるなんてありえない。

「わかりました。力になれるかどうかはわかりませんが、がんばってみます！」

「うむ。君ならそう言ってくれると思っていた。なぁに、いざとなればみずきの代わりに刺されるくらいはしてくれるだろう？」

「か、勘弁《かんべん》してください……」

こうして、俺は西園寺家の本家主催のパーティーに招かれることとなった。

◇　◇　◇

車で連れてこられた洋館の中。年季の入ったペルシャ絨毯《じゅうたん》が敷《し》かれ、多種多様なドレスがハンガーラックにかけられている。俺はその中から男物のスーツを渡され着替えると、姿見の前に立たされた。

「幸太《こうた》様、よくお似合いです」

メイド服姿の女性が、渡されたばかりのスーツに袖《そで》を通した俺に小さく会釈《えしゃく》をする。

似合ってる……のか？

スーツ着たことだってほとんどないのに、こんな高級そうなやつ……。

これ、このまま外に出て追いはぎとかに奪われたりしないだろうか……。

不安だ……。

「いいじゃないか。似合ってるぞ」

振《ふ》り返ると、理事長が扉の前に立っていた。

「そうですか？　ならいいんですけど……」

理事長はそそくさと目の前まで近寄ってくると、俺のネクタイへ手を伸ばし、わずかに位置を調節した。

「うむ。これで問題ない」

「あ、ありがとうございます」

礼を述べると、理事長は何故だかじぃっと俺の顔を眺《なが》めた。

どうしたのかと首を傾《かし》げていると、理事長の心の声が頭の中に流れ込んできた。

「《弟ができるのも悪くはない、か……》」

いろいろ飛躍《ひやく》しすぎじゃない⁉

時間がないのか、理事長は俺のネクタイを整え終えると急ぎ足で再び扉の方へと戻っていき、

「さっきも言ったが、私は今から別の用事があって出なければいけない。送迎《そうげい》は部下に任せてある。あとは頼《たの》むぞ、二武《にたけ》くん」

「は、はい。なんとかやってみます」

「うむ。では」

と、そのまま出て行こうとする理事長の背中に、ずっと気になっていたことをたずねてみた。

「あの、最後に一ついいですか？」

「なんだ？」

「どうして俺を誘拐するようなことをしたんですか？　急いでいるからそうしたのかと思ってましたけど、割と着替《きが》える時間とかありましたし……。普通に最初から説明して車に乗せてくれればよかったじゃないですか」

「それは……だな……」

「それは？」

「き、企業《きぎょう》秘密だ！　《言えない……。ただビックリさせたかっただけだなんて……》」

いや、そんなところで茶目《ちゃめ》っ気《け》出されても……。

「では私はもう行く！　あとは頼んだぞ！　じゃあな！」

そう言い残し、理事長は逃げるように去って行った。

◇　◇　◇

理事長を見送り、万全《ばんぜん》の準備を整えると、さっきスーツに着替えさせられた屋敷《やしき》からさらに車で数十分の会場へ移動した。

「到着《とうちゃく》しました、二武様」

それまで運転してくれていた理事長の部下の人がそう言うので、後部座席から外の様子をうかがうと、目の前には一棟《とう》のビルが鎮座《ちんざ》していた。

周囲にあるビルに比べても一際《ひときわ》大きく、正面出入り口や駐車場《ちゆうしやじよう》への通路には、ピシッとスーツに白手袋《しろてぶくろ》をはめたコンシェルジュが数人目を光らせている。

「このビル、ホテルかなにかですよね……？　ここでパーティーが催《もよお》されるんですか？」

運転席に座《すわ》ったサングラスの女性は淡々《たんたん》と答えた。

「ええ、そうです。西園寺家が所有するホテルの一つです。本日はここの四十階フロアを貸し切ってパーティーが開催されますので、二武様はそこへ向かってくださいませ」

「えっ⁉　一緒《いっしょ》に来てくれないんですか⁉」

「はい。わたくし共はここで一度離《はな》れます。時間になったらまたここへ来ますので、それまでみずき様をよろしくお願いいたします」

ひ、一人でこの立派なビルに入らなくちゃいけないのか……。

「あ、あの、ところで、みずきはどこに……？」

「みずき様は本家の方が屋敷《やしき》まで迎《むか》えに来られる手はずになっていたので、すでに中にいると思います」

「屋敷まで迎えに？　じゃあみずき、さっき俺たちがいた屋敷にいたんですか？」

「あ、いえ。みずき様はあの屋敷とは別の屋敷に住んでおられます。さっきの屋敷はあかり様が所有されている別宅です」

屋敷ってそんなぽんぽん持ってるものなの？

大丈夫？　なんか裏ですっごい悪いこととかしてお金稼《かせ》いでない？

俺は再びビルに目を移した。

すでにみずきはこの中にいる。

本家の人間に囲まれ、アウェー感の中小さく縮こまっているかもしれない。

俺はなにもできないけど、となりにいてやるだけで少しはマシになるはずだ。

腹をくくり、車のドアに手をかける。

「じゃあ、行ってきます！」

「ご武運を」

見送られていざビルの入口へ歩を進めると、すぐさまコンシェルジュに囲まれ、「本日はどのようなご用件でしょう？」と詰《つ》め寄られた。

「えっと……。西園寺さんのパーティーに呼ばれて……」

「では、招待券はお持ちですか？」

「招待券？」

「はい。パーティーにお越しのお客様は、招待券をお持ちになられていないとお通しできない決まりでして」

「え、えっと、その……」

そんな話聞いてませんけど⁉

その場であたふたしていると、後ろの方からさっき別れたばかりの理事長の部下が、「おーい」とこちらに向かって手を振っていた。

「すいませーん！　招待券渡《わた》すのうっかり忘れてましたぁ！」

そういうのもうちょっとしっかりしてくださいませんかね……。

◇　◇　◇

いらぬ恥《はじ》はかいたものの、招待券を受け取り、なんとかビルの中に入ることができた。

一階のロビーは高い天井《てんじょう》にいくつものシャンデリアがぶらさがっていて、まるで別世界のようだった。

あぁいうシャンデリアとかを見ると、落ちてきて潰される想像するのって俺だけかな……？

高そうな壺《つぼ》やら絵画やらがいたるところに飾《かざ》られていて、正直落ち着かなかった。

すげぇな……。一泊《ぱく》いくらくらいするんだろう……？

スマホで検索《けんさく》したら卒倒《そっとう》してしまいそうなので、あまり余計なことは考えないよう、エレベーターに乗り込み、パーティーが開かれている四十階へと上がった。

待ってろよ、みずき……。

俺はゆっくりと数を増やしていくエレベーターの階数表示を見ながら、今みずきが置かれているかもしれない状況を考えていた。

庇《かば》ってくれる人がいなくてボロを出して、自分の正体が女だとバレているかもしれない。

海でどこぞのギャルにあっさり正体を見破られるくらいだ……。

十分考えられる……。

けど、心の声が聞こえる俺なら臨機応変にその場をやり過ごせるかもしれない。

待ってろよ、みずき。今行くからな！

チン、と音がして、エレベーターが目的の四十階に到達《とうたつ》すると、ゆっくりと扉が両側へと開かれた。

「二武様、ようこそお越《こ》しくださいました。本日はどうぞ、ごゆるりとお楽しみくださいませ」

開いた扉のすぐそばに立っていたコンシェルジュが、俺に向かって深々と頭を下げる。

「あ、ど、どうも……」

いきなり名前を呼ばれて面食らってしまったが、おそらくさっき受付をしてくれたコンシェルジュがあらかじめ連絡《れんらく》を入れていたのだろう。

「料理は好きなものをお取りください。お水はよろしかったですか？」

「だ、大丈夫です」

「では、ごゆるりと」

促《うなが》されて正面に視線を向けると、広い室内には円形の机が等間隔《とうかんかく》で設置されていて、その上には色とりどりの料理が並べられていた。

立食形式らしく、豪奢《ごうしゃ》なドレスに身を包んだ女性や、どこかダンディな雰囲気《ふんいき》を醸《かも》し出すおじ様たちが、手に皿を持って料理に舌鼓《したつづみ》を打っていた。

こ、これが上流階級のパーティーってやつか……。

最近観《み》たデスゲーム物の映画にこんなシーンがあったな……。

みんなワイングラス片手に、高みの見物で主人公たちを見下ろしながら嘲笑《ちょうしょう》してるやつ……。

巨大《きょだい》モニターで変な映像とか流れてないよな？

っと、そんなことよりみずきをさがさないと！

えーっと……。みずきみずき……。

キョロキョロと会場内を見渡《みわた》してみるが、それらしい人影はない。

一度スマホで連絡を……って、しまった。スーツに着替えた時に、魚と一緒に預けちまった……。くっ。スマホがないとわかった途端《とたん》急に不安になる……。これがスマホ依存症《いぞんしょう》ってやつか……。

しかたなく会場内をぐるりと歩き回ってみたが、やはりみずきは見つからなかった。

あとさがしてない場所となると……。

会場の前には廊下《ろうか》があり、その奥《おく》にはトイレがあるようで、俺はそこにみずきが隠《かく》れているのではないかと思い、そちらへ歩を進めた。

しかしその途中《とちゅう》、派手な色彩《しきさい》の花が飾られている花瓶《かびん》が二つ置いてあり、その真ん中にみずきがちょこんと立ちすくんでいた。

その目はまるで、『自分は花瓶です。話しかけないでください』と言わんばかりに虚空《こくう》を見つめている。

みずき……。こんなところに隠れてたのか……。

にしても、なんつー目してやがる……。

俺は恐《おそ》る恐るみずきに近寄り、

「おーい、みずき。生きてるかー？」

そう声をかけると、みずきはこちらを一瞥《いちべつ》もせず、

「ボ、ボクは花瓶です……。話しかけないでください……」

あ、やっぱり花瓶のフリしてるのか、これ……。

だめだこりゃ……。完全にアウェーの空気にやられてやがる……。

「まぁ、お前がそこで花瓶になっていたいなら構わんが……。正直逆に目立ってるぞ？」

現に今も、廊下を通り過ぎる人はみずきを見ていちいちぎょっと目を見開いていた。

それまで花瓶のフリに徹《てっ》していたみずきは徐々《じょじょ》に生気を取り戻すと、俺の顔を見るなり不思議そうな顔をしてこてんと首を傾げた。

「あれ？　幸太？　こんなところでなにしてるの？」

「なにしてるのって……。理事長から、みずきの友人としてパーティーに参加してくれって言われて来たんだよ」

「あかりお姉ちゃんが……。そっか……。ボクのこと、心配してくれて……」

みずきはどこか嬉しそうににんまりと口元を緩《ゆる》めると、改めて俺の手を取り、それまでとは一転して朗《ほが》らかな笑《え》みを浮かべた。

「ありがとう、幸太！　今ちょっと困ってて……来てくれてほんとに嬉しいよ！」

「困ってて？　なんだ？　なにかあったのか？」

「そ、それがね……」

みずきが眉《まゆ》をひそめて口を開こうとした時、会場から甲高い女性の声が飛んできた。

「あら。みずき様、こんなところにいらしたのね。随分《ずいぶん》さがしましたよ」

声がした方へ視線を向けると、煌《きら》びやかなドレスに身を包んだ周囲の女性たちとは違って、落ち着いた色合いのドレスを着た女性がこちらに近づいてきた。

吸《す》い込まれるような碧眼《へきがん》に、やや青っぽさが目につくストレートヘアー。

一見すれば育ちの良い落ち着いた雰囲気のお嬢様《じょうさま》に思えるが、人形のような笑顔と、光沢のない瞳《ひとみ》にはどこか不気味さを覚えた。

年齢《ねんれい》は、俺たちと同じか少し上くらいだろう。

その女性の姿を見るや否《いな》や、みずきの顔はみるみる青ざめていった。

「あわわわわ！　み、見つかっちゃったぁ……。どうしよう……」

「なんだ？　あの人から隠れてたのか？　なんで？」

みずきが俺の質問に答える前に、目の前までやってきた女性がスカートの両端《りょうたん》を指でつまみ上げ、深々と丁寧《ていねい》にお辞儀《じぎ》をした。

「お初にお目にかかります、二武幸太様。わたくしは、道明寺《どうみょうじ》グループ会長の孫娘《まごむすめ》、道明寺小春《こはる》と申します」

道明寺グループ？　ＣＭとかで有名な建設会社か。

「はじめまして、道明寺さ――」

「どうぞ、小春、とお呼びくださいませ」

そう言ってにっこりと微笑《びしょう》を浮かべる道明寺ではあったが、その実、俺の耳にはその心の声がしっかりと聞こえてきた。

「《二武幸太……。西園寺みずきの唯一無二《ゆいいつむに》の親友……。西園寺みずきを落とすならば、まずはこの男を攻略《こうりゃく》せねばなりません》」

その、無垢《むく》な笑みとはかけ離れた心の声に、俺は思わずたじろいだ。

な、なんだこの人……。みずきを落とす？　それってまさか……。

「どうかなさいましたか？　幸太様？」

「い、いいえ、なんでもありません、道明寺――」

「小春、とお呼びください」

「あ、はい……。小春、さん……」

「ふふ。よくできました《まずはお互《たが》いに名前で呼び合うことで親しみを持たせ、心の距《きょ》離《り》を縮めさせる。これは人心掌握《しょうあく》の鉄則です。いずれ敵になる相手の懐《ふところ》ですからね。油断させておいて損はないでしょう》」

いずれ敵になる……？

よくわからんが、危険な香りがぷんぷんしてくるぜ……。

できるだけ心を許さないようにしよう……。

俺は改めてみずきの方へ向き直り、

「そ、それで、二人はどんな関係なんだ？　友達か？　それとも親戚《しんせき》だったり？」

「違《ちが》うんだよ、幸太……。この人は――」

と、どこか慌《あわ》てた様子のみずきを遮《さえぎ》り、小春はニタリと一層不気味な笑みを作って言った。

「わたくしは、みずき様の婚約者《こんやくしゃ》です」

『婚約者』という唐突《とうとつ》なワードに、間抜けにもポカンと口を開けて思考が停止してしまった。

「こ、婚約者……？」

呆然とする俺に、みずきは慌てて言う。

「ボ、ボクもさっき突然《とつぜん》言われて……。けど、どうやら本家の人が決めた正式な婚約らしくて……」

「本家が決めた正式な婚約……？　みずき、お前はなにを言っているんだ……？」

「う、うん……。そりゃ驚《おどろ》くよね……。ボクも突然でびっくりしちゃったから……」

「……そうじゃない。そうじゃないだろ」

「……え？」

「他人から決められた婚約の、どこが『正式』だって言うんだよ……」

みずきは悲しそうに目を伏せると、

「……で、でも……本家からの指示だし……ボクにはどうすることも……」

ここは現代の日本だぞ……。

いくらなんでも、婚約を強制するなんて馬鹿げてる……。

思わぬみずきの弱気な態度に驚いていると、小春はさも当然のように言った。

「わたくしたち道明寺グループと、みずき様たち西園寺家が結婚《けっこん》という形で結ばれれば、お互いの事業がより良い発展をすることは間違《まちが》いありません」

「会社のために結婚させるだなんて、そんなの間違ってるだろ」

「あら。わたくしは構いませんよ？　《ま、西園寺みずきと結婚したあとは、わたくしが内部から西園寺家の力を根こそぎ奪《うば》ってやるんですけどね。ふふふ。こちらの思惑《おもわく》など知らず、この婚約話を認めてくれた馬鹿な西園寺の本家の方々には足を向けて寝《ね》られませんわ》」

こいつ――！

みずきをまるで物のように考えている小春に思わず掴《つか》みかかりそうになるが、ぐっとこらえた。

小春たち道明寺グループや、西園寺家の本家はみずきが女であるということを知らない。

結婚となれば、いずれその事実は公になってしまうだろう。

そうなればみずきや理事長、その両親がどんな扱《あつか》いをされるかは想像に難《かた》くない。

服の裾《すそ》を引っ張られ、見てみると、みずきが諦《あきら》めたような笑みを浮かべていた。

「大丈夫だよ、幸太。いつかこんな日が来るとは思ってたんだ。……だから、もう、大丈夫」

なにが大丈夫なんだ……。

お前は……。

お前は、そんな悲しそうに笑うようなやつじゃないだろ！

「ふざけるな。なにが婚約だ。どうせ、みずきの家の権力が目当てなだけだろうが」

小春の眉がピクリと反応し、一瞬《いっしゅん》怒気《どき》をはらんだような目つきになる。

「《この男……道明寺グループの業績が伸《の》び悩《なや》んでいることを知っている……？　いや、まさか……。そこまで企業の事情に詳しい人物には思えません……。おそらく今の発言は、単なるブラフ……》」

小春はすぐに表情を和《やわ》らげると、しゅんと落ち込んだようにうつむいた。

「……そう、ですよね。西園寺家と道明寺グループでは規模が桁違《けたちが》いですし、そう思われてもしかたがないかもしれません……。ですが、それも財閥《ざいばつ》に生まれたわたくしたちが背負った宿命。ならば、受け入れるしかないのです。……幸太様のように、普通《ふつう》のご家庭に生まれた方にはわからないかもしれませんね《たとえ西園寺家の権力を欲《ほっ》していることが公になったところで、わたくしたち道明寺グループが西園寺家の乗っ取りを企《くわだ》てていることは証明しようがない。ここは適当に流しておけば問題ありませんね》」

……たしかに小春の考えている通りだ。

俺がここでいくら騒《さわ》ごうが、何一つ変えられない……。

けどな……。

大切な親友を物扱いされて黙《だま》ってられるほど、俺は人間ができてねぇんだよ。

「普通の家に生まれて普通に暮らしてきたからこそ、お前らが異常なのは嫌《いや》ってほどわかる。……そもそも、みずきがここに来て初めてあんたとの婚約話を聞かされたってことは、みずきの両親にもその話は通してないわけだ。普通ありえないだろう？　……あんたらは最初からわかってたんだ。みずきや、みずきの両親に直接婚約の話を持っていけば、すんなり断られちまうって。つまり、あんたが今やってることはみずきへの嫌がらせだって十分理解しているってわけだ。だったら、親友が嫌がらせをされて黙ってるわけねぇだろ」

「《……ちっ。細かいことをグチグチと……》」

俺が大きな声で反論したせいか、周囲にも段々と人だかりができ始めていた。

俺が言いたいことを言い終えると、最初に口を開いたのはそれまでずっと押《お》し黙っていた当事者であるみずき本人だった。

「……うん。幸太の言う通りだね。ボク、どうかしてたよ……《幸太がボクを親友だって言ってくれるんだ……。だったら……ボクが諦めてたんじゃやだめだよねっ！》」

みずきは小春の前にぐっと身を乗り出すと、キッと相手を睨《にら》んで堂々と宣言した。

「悪いけど、ボクはまだ誰《だれ》とも結婚する気はないよ」

そのみずきの言葉に、小春は誰にも聞こえないくらいの小さな舌打ちをした。

「……あら。それはつまり、西園寺家の本家の決定に異を唱えるということでしょうか？」

改めてそうたずねられると、みずきは少したじろぎながらも懸命《けんめい》に反論した。

「そ、そうだっ！　ボクは、誰のものでもない！　二武幸太の親友、西園寺みずきだっ！」

突然背中に冷たいものを感じ、全身の毛が逆立つような悪寒《おかん》を覚えた。

そうさせているのは紛《まぎ》れもなく、小春の恐ろしいまでの鋭《するど》い視線であろう。

それまでの人形のようなのっぺりとした作り笑顔ではなく、殺気と言っていいほどの敵意がこもった鋭い目つき。

これまでもう何度も感じてきた、命に危険が迫るあの感覚。

それを、同年代の女性である小春が放っていることに恐怖《きょうふ》を覚えた。

どんな生き方をすれば、こんな殺気が放てるようになるというんだ……。

小春はそのまま淡々と続ける。

「……なるほど。みずき様のお考えはよくわかりました。ですが、こちらとて別に、道楽で婚約の話をお持ちしたわけではありません。それをおいそれとあなた一人の判断で断られても困るのですよ。……ハッキリ言います。分をわきまえなさい。あなたの未来は、あなたが決めていいほど小さな事象ではないのですよ」

と、小春が凄《すご》んだ次の瞬間《しゅんかん》、後方から女性の声が割って入った。

「分をわきまえるのはあなたの方ですよ」

周囲の人垣《ひとがき》をかき分けるように現れたのは、メイド服姿の雨宮先生だった。

理事長の話では、雨宮先生は本家から用事を言い渡されたとかでここに来れないんじゃなかったのか?

それに、雨宮先生がみずきの家のメイドだってことは俺にも秘密にしていたはず……。それがそのままメイド服姿で現れるなんて……。

雨宮先生の登場に、あからさまに小春が面倒《めんどう》くさそうに顔を歪《ゆが》めた。

「あなたはたしか……分家のメイド、でしたね」

「はい。西園寺みずき様の専属メイド、雨宮百合《ゆり》と申します」

「《雨宮百合……。西園寺みずきの専属メイドか……。西園寺家の専属メイドは、本家の命令よりも、世話を任されている対象を最優先に行動する許可を与《あた》えられている……。面倒になりそうだから他の用事を言い渡してもらって遠ざけていたのに、どこかでこのパーティーの存在を嗅《か》ぎつけられたようね……》」

小春はそれまでの殺気を鎮《しず》めると、またも人形のようににっこりと作り笑顔をした。

「あら。みずき様には専属メイドの方がいたんですね。今日はお姿が見えなかったので、てっきりいないものかと思っておりました」

「私はちょっと、本家の方から仕事を言い渡されまして、外部との連絡が遮断《しゃだん》される無人島へ行っておりました」

無人島へいったいどんな仕事をしに行ってたんだ……。

き、気になる……。

「《みずきお嬢様と一刻も早く会いたくてさっさと仕事を終わらせて来てみれば……まさか道明寺グループがみずきお嬢様に目をつけていただなんて……。ですが、私が来たからにはあなた方の好きにはさせません》」

雨宮先生が一歩前に踏《ふ》み出すと、その勢いに小春はたじろいで後ろへ下がった。

「みずき様、並びにご両親共に、みずき様の婚約《こんやく》は考えておりません。勝手なことをされては困ります。このことは正式に本家を通し、道明寺グループへ抗議《こうぎ》させていただきます」

てっきり小春は、雨宮先生の言葉にすぐさま反論するものだと思っていたが、すぐに深々と頭を下げ、素直《すなお》に謝罪の言葉を並べた。

「わたくしとしたことが……。みずき様のお気持ちも考えず、時期尚早《じきしょうそう》で申し訳ございません。後日、改めてこちらからも正式に謝罪させていただきます《とんだ横槍《よこやり》でしたが、道明寺グループが西園寺みずきを狙《ねら》っているというアピールはできました。これで、他の西園寺みずきを狙っている企業はしばらく手を出しづらくなったはず》」

他にみずきを狙っている企業、と聞いて、改めて周囲に集まった人たちに視線を向けた。

誰もかれも、まるで値踏《ねぶ》みするように人のことを観察しているような目をしている。

そうか……。みずきを狙っている奴《やつ》らは大勢いるってことか……。

どいつもこいつも欲に塗《まみ》れてやがる……。

小春は最初から、ここでみずきとの婚約を決めるつもりはなかった。だが、頭ごなしに拒否されるのも避《さ》けたい。だから理事長やみずきの両親、雨宮先生を遠ざけ、みずきを一人パーティーに招き、押しに弱いみずきに無理やり婚約の話をした。

そうすることで道明寺グループがみずきを狙っていると周囲にアピールし、けん制したかったわけだ。

雨宮先生の登場以外は、概《おおむ》ね小春の思惑通りになったってわけか……。

小春はもう一度深々と頭を下げ、騒がせてしまったことを周囲とみずきたちに謝罪し、その場からいなくなった。

そうしてあっさりとことが終わると、それまでこちらを観察していた人たちもすぐにパーティー会場へと消えて行った。

何事もなく事態が収束すると、雨宮先生は安堵《あんど》のため息をつき、俺に頭を下げた。

「みずき様を守っていただき、ありがとうございます《さて、二武くんはどんな反応をするか……》」

雨宮先生、抜《ぬ》かりなく俺の反応をうかがってやがる……。

まだ俺がみずきの正体に気づいているかさぐっているのか？

いや、おそらく、相手の反応で心の内をさぐるのがクセになってるんだろう。さっきの小春の心の声を聞けば、それくらいの用心深さは当然だ。

けど、俺もここでミスするようなバカじゃないさ。

「いやいや！　みずき『様』⁉　え⁉　なにがどうなって……。そ、それにそのメイド服はいったい……」

みずきと雨宮先生の関係を、単なる教師と生徒だと思い込んでいるフリをし、驚いた演技をしてみせた。

その挙動に、雨宮先生は安心したようにクスリとほほ笑む。

「実は私は、みずき様に仕えるメイドなのです。教師は仮の姿なんですよ、二武くん《私としたことが、また咄嗟《とっさ》に二武くんの反応をうかがうようなことをしてしまいました。いけませんね、直さなくては》」

「そ、そうだったんですか……。全然知りませんでした……」

「あ、このことは当然学校では秘密ですよ？　言ったら後悔《こうかい》することになりますので」

えっ、急にこわい！

雨宮先生の不気味な物言いに怯《おび》えていると、ドサ、と背中に衝撃《しょうげき》を感じ、見ると、何故《なぜ》だか嬉《うれ》しそうな顔をしたみずきが俺に抱《だ》き着いていた。

「みずき……？　ど、どうしたんだよ」

みずきは人目も憚《はばか》らず、だらしなく微笑んで、

「えへへ～。幸太、ボクのこと庇ってくれてありがとっ！　とっても嬉しかったよ！」

うっ……。な、なんだよそのかわいい反応は……。

もっとしっかり男っぽくしてないとまた正体がバレちまうぞ……。

みずきの笑顔にやられそうになるのを必死でこらえたが、抱き着かれるのは妙《みょう》にこそばゆかった。

「は、はいはい。もうわかったから離しなさい」

「えー。ちょっとくらいいいじゃん！　《やばいっ！　やっぱりボク、幸太のこと大好きだっ！》」

うぅ……。そんな嬉しそうな目で見ないで……。

なんとかみずきの腕《うで》を解き、襟《えり》を正す。

「も、もういいだろ。雨宮先生も来たし、俺は先に帰るぞ」

「えー！　どうせだから料理食べていきなよ！　タダだよ！　タダ！」

金持ちがタダ飯に目を輝《かがや》かせてるんじゃねぇよ……。

「今日はもう疲《つか》れたんだよ。それに、こんな場所じゃ落ち着かねぇしな……。また今度、一緒にハンバーガーでも食おうぜ。そっちの方が絶対楽しいし」

「……うんっ！　そうだねっ。幸太と一緒にいれば、なにを食べても楽しいもんねっ！」

みずきの無邪気《むじゃき》な態度に心がざわつくのを必死で抑《おさ》え、俺は早々とエレベーターに乗り込《こ》み、二人に見送られ、その場を後にした。

◇　◇　◇

「はぁ……。マジで疲れた……」

結局、雨宮先生が間にあったんだから、俺、来なくてもよかったんじゃねぇか？

そんなことを考えつつも、満面の笑みでお礼を言ってくれたみずきを思い出すと、まぁいいか、とも感じた。

ビルから出て辺りを見ると、理事長の部下である女性が俺を待っていてくれた。

「うまくいきましたか？」

「なにがどうなればうまくいったと言えるのかよくわかりません……」

「なら、聞き方を変えましょう。みずき様は、あなたが来て喜んでくれましたか？」

「そりゃあ……まぁ、多少は……」

「ならばうまくいったということですね」

なかなかうまい言い回しだ、さすが理事長の部下、と感心していると、目の前に一台の高級車が停車した。今日はこれで二回目だ。

停車した車の窓が開くと、中からさっき別れたばかりの小春が顔を覗《のぞ》かせた。

「幸太様、ご自宅まで送りますわ」

感情のこもってない笑みにたじろぎながらも、理事長の部下が口をはさむ。

「道明寺様……。私はあかり様より、二武様の送迎を仰《おお》せつかっておりますゆえ……」

「あら？　ということは、わたくしの厚意を断るということかしら？」

「そ、それは……」

小春の心の声によれば道明寺グループの業績は伸び悩んでいるようだが、理事長の部下を退けるくらいの力は十分に持っているらしい。

俺は二人の間に割って入り、

「大丈夫ですよ。せっかくなので小春さんに送ってもらいます」

理事長の部下は心配そうな表情を浮《う》かべていたが、自分ではどうしようもないのか、言葉を呑《の》み込むと「……では、お先に失礼します」と頭を下げたあとに、小春には聞こえないよう「お気をつけて」と囁《ささや》いた。

◇　◇　◇

すっかり陽も落ち、車窓に高速道路の電灯が流れ始めた頃《ころ》、となりに座る小春が口を開いた。

「幸太様は、みずき様ととても仲がいいんですね」

ここまでほとんど小春の心の声がしなかったので、相手がなにを目的に俺を車に乗せたのかはよくわからないままだった。

だがおそらく、みずきとの婚約に役立つ情報を引き出したいと考えているに違いない。

「……まぁ、そうだな。高一の時から同じクラスだし、多少はな」

小春は最初から俺のことを知っていた。

無論、俺とみずきの関係についても詳《くわ》しく調べ上げているはずだ。

「まぁ、羨《うらや》ましいですわ。わたくしには友人と呼べる方はおりませんので」

だろうな、と思ったが口には出さなかった。

「そうか。ま、俺も友達はみずきくらいだし、似たようなもんだ」

「ふふふ。かもしれませんね」

当たり障《さわ》りのない会話。

けれど、小春の目は俺を値踏みするようなじっとりと絡《から》みつくものに変わっていた。

「《西園寺みずきとの婚姻を成功させるにあたり、できればその親友であるこの男にわたくしに対して好印象を抱かせ、西園寺みずきのわたくしへの評価を上げる工作をさせようと考えていましたが、言葉の節々からにじみ出るわたくしへの敵意……。これはもう、懐《かい》柔《じゅう》するのは難しいですわね。だったらまた作戦を変更《へんこう》しましょう。……西園寺みずきの周囲から信頼《しんらい》できる人間を一人ずつ削《けず》り落とし、孤立《こりつ》させ、わたくししか頼《たよ》れる人間がいなくなれば、そのうち向こうから尻尾《しっぽ》を振《ふ》ってついてくるでしょう》」

つまり、俺とみずきを仲違《なかたが》いさせようってわけだ……。

そうはさせるかよ。

「ところで、小春さんは好きな人とかいないのか？」

「……はい？」

脈絡《みゃくらく》のない質問に、小春はあからさまに戸《と》惑《まど》った表情を浮かべた。

「いや、小春さんもまだ若いし、そんな早い時期から結婚相手を決めても大丈夫なのかと思ったんで」

「……わたくしはいずれ、道明寺グループを継《つ》ぐことになる身。恋愛《れんあい》などしている余裕《よゆう》はないのですよ《この男、やはりやりづらいですわね……。いちいち会話の主導権を奪いに来る……。ちっ。そもそもこの男さえいなければ、一度目の作戦でうまくいっていたはずなのに……》」

一度目の作戦……？

そう言えばさっき『また作戦を変更しましょう』とか考えてたな……。

なにかすでに手を回していて、それを俺に阻止《そし》されたということか……？

なんだ……？　最近、みずきになにかが起きて、俺がそれを阻止したこと……。

……まさか……。

「なぁ……小春さん」

「なんでしょう？」

たった今、脳裏《のうり》を過《よぎ》った最悪の可能性を口にする。

「あんた……竜崎つくしって子、知ってるか？」

俺の質問に、小春は、はて、と首を傾《かし》げた。

「竜崎つくし？　さぁ、どなたのことでしょうか？　《まさか、わたくしが竜崎つくしを西園寺みずきにけしかけたことがバレている⁉　ありえない！》」

竜崎つくしを、みずきにけしかけた……？

竜崎つくしは、高校一年生の頃、みずきに告白し、フラれ、そのショックを引きずっていた。

そしてみずきと綾乃《あやの》が二人でいるところを目撃《もくげき》してしまい、二人がつき合っていると勘《かん》違《ちが》いし、最後には刃物《はもの》でみずきを刺《さ》そうとするまでに至った。

そうか……。

小春の現在の目的は、みずきと結婚し、西園寺家を内部から崩壊《ほうかい》させ、その権力を奪うこと……。

だったら最初の作戦は、西園寺家を外部から攻撃《こうげき》し、その力を削《そ》ぐことだったんだ……。

そのために、竜崎つくしの恋心《こいごころ》を利用し、みずきにけしかけた……。

間違いない。この女は――――敵だ！

いつの間にか窓の外の景色が見知った場所に変わっていて、車はゆっくりと停車した。

「到着《とうちゃく》しました」

　運転手の声が、この時間の終わりを告げる。

　小春は上目遣《うわめづか》いにこちらを見やると、

「今日はありがとうございました。とても有意義なお話ができて楽しかったです《竜崎つくしとわたくしとを繋《つな》ぐ証拠《しょうこ》は存在しないはず。ならばここは知らぬ存ぜぬを貫き通すだけ！》」

「こちらこそ、送ってもらって悪かったな」

　あんたの心の声は俺には丸聞こえだ。

　どんなに隠し事をしようと無意味だ。

「では、幸太様。またどこかでお会いしましょう《けれど、この男の勘《かん》が異様に鋭いことは事実！　まずはこの男を潰《つぶ》す方法を考えなくては！》」

「あぁ、また」

　やってみろ……。

　みずきを貶《おとし》めようとした報《むく》いだ……。

　あんたの作戦ってやつを徹底的《てっていてき》にぶっ壊《こわ》してやるよ！

第三章『ホテル×密室＝？』

例のパーティーに参加してから一週間以上が経《た》った日の夕暮れ。

俺は自室のベッドに寝転《ねころ》がり、ぼぉっと天井《てんじょう》を見上げていた。

夏休みってやることなくて暇《ひま》だなぁ……。

てっきり小春がなにかしてくるかと思って警戒《けいかい》していたけど、あれからなにもない。

どうやらみずきもいろいろと忙《いそが》しいようで、俺と遊んでくれない。

そう言えば、ここ一週間くらい綾乃《あやの》も家に来てないな……。どうしてるんだろう？

ちょっと連絡《れんらく》してみるか……。

スマホを取り出し、綾乃に宛《あ》ててメッセージを送った。

『夏祭りの件だが、待ち合わせは何時にする？　それと、最近うちに飯食いに来てないけど、体調でも悪いのか？』

送信っと……。

………。

……………。
なんだろう、ずっと未読だと自分が無視されてるんじゃないかって不安になる……。
その後しばらくして、ピコン、とスマホが鳴った。
お、ようやく返信が来たか……。
よかった、無視されてなくて……。
スマホに目を移し、綾乃からのメッセージに目を通す。
『たすけて』
……ん？
タスケテ……？
その言葉の意味を理解する前に、もう一度綾乃からのメッセージが追加される。
『つばきざかくらうんほてる３０３』
椿坂《つばきざか》クラウンホテル３０３？　３０３ってのは部屋番号か？
にしても、どうして全文ひらがなで……。
と、そこでようやく、これは綾乃からの緊急連絡《きんきゅうれんらく》なのだと理解できた。
ま、まさか綾乃のやつ、小春に監禁《かんきん》されてて俺に助けを求めてるんじゃ……。
相手は竜崎《りゅうざき》つくしにみずきを襲《おそ》わせるようなやつだ……。十分ありうる……。

『大丈夫か？　なにがあった？　状況《じょうきょう》を詳しく教えてくれ』

そうメッセージを送るが、以後、綾乃からの返信はなかった。

スマホを取り上げられでもしたのか……？

だったら、綾乃が俺に助けを求めたことが相手にバレたのかもしれない……。

なにかがあってからでは手遅《ておく》れだ。まずは警察に連絡しないと……。

俺は110番に電話をしながら、急いで自室を飛び出し、玄関《げんかん》へと向かった。

「……あ、すいません！　緊急で！　友人の女の子から、助けを求めるメッセージがきて……。はい……はい、そうです。俺は今その場にいないのでわかりませんが、すぐに椿坂クラウンホテルの303号室へ行ってもらえますか？　……はい、よろしくお願いします！」

よかった……。警察もすぐに現場へ向かってくれるらしい……。

とにかく俺も急がないと！

◇　◇　◇

電車で向かうよりも車の方が早く到着すると考え、大通りでタクシーを拾うとそのまま椿坂クラウンホテルへと急いでもらった。

十数分ののち、俺を乗せたタクシーは椿坂クラウンホテルからワンブロック離《はな》れた場所にある大通りへと到着し、俺はすぐに会計を済ませると急いで車を降りた。

目的のホテルはここから細い路地を進んだところにある。

綾乃……。どうか無事でいてくれよ……。

息を切らして地面を蹴《け》り、一刻も早く助けに行こうとホテルへと急ぐ。

大通りから路地を抜け、少し開けた場所に到着すると、そこには年季の入ったコンクリート造りの建物があり、正面入り口に『椿坂クラウンホテル』と書かれていた。

ここか……。さっき警察に電話した時、ホテルに連絡してくれるって言ってたけど、騒ぎになったりはしてないな……。

パトカーは見当たらないけど、警察はもう来てるのか？　駐車場《ちゅうしゃじょう》は裏手にあるみたいだし、確認《かくにん》してる時間はないな……。

よし。とにかくホテルの人に事情を話して中に入れてもらおう……ん？

いざホテル内へ突入《とつにゅう》しようとした時、視界の隅《すみ》でなにか細いものが揺《ゆ》れるのを捉《とら》えた。

今のはなんだ……？　なんか紐《ひも》みたいなのが空中に見えたような……？

首を傾げ、先ほどなにかが見えたホテルの壁面へと恐《おそ》る恐る歩を進める。

そこにはホテルの駐車場が広がっているが、数台の車が止まっているだけで、人の気配はない。

なにもない……よな。

と、辺りを見渡《みわた》したところ、ホテルの外壁《がいへき》にぶらぶらと布がぶら下がっているのを発見した。

それはよく見ればシーツのようで、数枚の端《はし》が結ばれていて、ちょうど三階の窓から地面に向かってゆらゆらと垂れ下がっていた。

なんだこれ……？

さっき見えた紐みたいなのはこれか？

にしても、なんで……？

状況を把握《はあく》する前に、その紐が伸びている三階の窓から、ぬぅっと人影《ひとかげ》が姿を現した。

それはあろうことか、俺にSOSのメッセージを送ってきた綾乃本人だった。

綾乃は上下ジャージ姿で、窓から垂らしたシーツを両手と太ももでがっしりと掴み、ズルズルとこちらに向かって下降し始めた。

「あ、綾乃⁉」

そのあまりにも現実離《ばな》れした光景に思わず声を上げてしまうと、必死の形相でシーツを掴んでいた綾乃がこちらを振り返り、ぎょっと目を見開いた。

「幸太《こうた》⁉　どうしてここに⁉　――って、あ」

俺の姿を見て驚いた綾乃は、その拍子《ひょうし》に気を抜いてしまったのか、なんとしっかりと握《にぎ》っていたはずのシーツを手放してしまった。

綾乃が姿を現したのは三階の窓。そこから落下すれば、ただでは済まない。

「危ない！」

慌てて綾乃が落下するであろう地点へ走り込み、ホテルの周囲に植えられている生垣《いけがき》へと、両手を伸ばしてダイブする。

綾乃を受け止めようとした両手だったが、突然《とつぜん》俺の脚力《きゃくりょく》が秘《ひ》められた才能を発揮したらしく、やや前方へとダイブし過ぎてしまい、綾乃はちょうど俺の背中へと落下する形となってしまった。

ドスン。

「ぐえっ！」

「きゃ！」

一瞬《いっしゅん》視界が真っ白になり、衝撃で口から晩御飯《ばんごはん》がこんばんはしそうになるが、なんとか事なきを得た。代わりに潰れたカエルのような声が出てきたが、それはこの際忘れよう。

「いたたた……」

と、うめき声を漏《も》らす綾乃は、下で潰れている俺に気がつくと、「ぎゃ!?」と驚《おどろ》いて飛び退《の》いた。

「だ、大丈夫、幸太!? ご、ごめん! まさかこんなところにいると思ってなくて!」

「うぅ……。な、なんとか大丈夫だ……」

俺の下にある生垣がクッション代わりになってくれたようで、体はそこまで痛くはないので大丈夫……だよな?

骨とか折れてないよな? ほんとに大丈夫だよな?

綾乃の手を借りてのっそりと生垣から起き上がると、そこには申し訳ないほどぽっかりとくぼみができていた。

うわぁ……。これあとで怒《おこ》られるやつだぁ……。

「綾乃も怪我《けが》してないか?」

「う、うん。幸太が受け止めてくれたおかげで……《きゃー! こうちゃんが私のこと庇《かば》ってくれたよぉ! かっこいい! 王子様みたい!》」

元気そうでなによりだよ……。

「ところで、幸太はどうしてこんなところにいるの?」

「どうしてもなにもないだろ……。綾乃からあんなメッセージが届いたから急いで来たんじゃないか……」

「え……。じゃあもしかして、わざわざ私のためにここまで来てくれたってこと？」

「それ以外にどんな理由があるっていうんだよ」

「へ、へぇ。そうなんだ《追い詰《つ》められててついあんなメッセージ送っちゃったけど、こうちゃんすぐにきてくれた！　やっぱい！　嬉しすぎて鼻血出そう！》」

嬉しくなると鼻血出るタイプなの？

つーか、『追い詰められてて』ってどういう意味だ？

「やっぱり綾乃、小春に監禁されてたのか!?」

「小春……？」

「ん……？　……違《ちが》うのか？」

「監禁と言うより軟禁《なんきん》ね。部屋から出してもらえなかったから。小春っていう人は全然知らないわ」

「軟禁？」

「ええ。……実は新作の進捗《しんちょく》が悪くて、再子《さいこ》さんに『マジで時間押してるからホテルに缶《かん》詰《づ》めしてでも書いて！』って言われて……。それで一週間くらいずっとここに閉じこもって新作書いてたんだけど……。なんというか……その……。あんまり進みがよくなくってね。気分転換《てんかん》に外に出たいんだけど、再子さんがずっと扉《とびら》の前に待機してて困ってたの……」

「新作の執筆《しっぴつ》……？　缶詰め……？　じゃあ、ヤバい奴に監禁されてたわけじゃないのか……」

「ヤバい奴ってなによ……。されてないわよ、そんなこと」

どうやらすべて俺の考えすぎだったらしく、小春は今回の件には噛《か》んでいないらしい。

あいつが竜崎つくしをみずきに差し向けた前科があったせいで、気づかないうちにナイーブな思考に陥《おちい》っていたようだ。

なにはともあれ、綾乃が無事でほっと一息つくと、俺の安堵を感じ取ってか、綾乃も小さく、どこか恥《は》ずかしそうに微笑《ほほえ》んだ。

「り、理由はともかく、助けにきてくれたことにはお礼を言うわ。あ……ありがとう……」

「どういたしまして……。いやぁ、でもほんとによかった。綾乃が無事で……」

「おかげさまでね。……けど、一週間ホテルに閉《と》じ込められて気が滅入《めい》ってたのは本当よ……。はぁ……。もう疲れちゃった……。ゲームセンター行きたい……」

ハマったのかゲーセン。

「で、なんであんな意味深なメッセージ送ってきたんだよ。もっと他に伝え方があっただろ」

「……幸太にメッセージを送った記憶《きおく》はあるけど、どうしてそんなことをしたのか自分でもわからないわ。あの時はもう、ホテルから出たくて必死だったのよ……」

完全にノイローゼじゃないか……。

誰かドクターストップかけてやれよ……。

「それでわざわざシーツを結んで窓から逃《に》げ出したのか……。下手したら大怪我《おおけが》してたかもしれないんだ。もう二度としないでくれよ」

「うん……。ごめんなさい……《こうちゃんが私のこと心配してくれてる！　好き！》」

全然反省してねぇじゃねぇか。

なにはともあれ、事件じゃなくてほんとによかった……。

…………。

……ん？

あれ？

なんか、大事なことを忘れてるような……。

言い知れぬ心地《ここち》の悪さを感じつつも、その正体に首を傾げていると、不意に頭上の、綾乃が軟禁されていたという三階の窓から怒鳴《どな》り声《ごえ》が聞こえてきた。

「ちょっと綾乃！　あんたまさかこれでそこまで降りたの⁉　危ないでしょ！　何考えてんの！」

見上げると、特徴的《とくちょうてき》な赤い眼鏡をかけたスーツ姿の女性がこちらを見下ろしていた。

たしかあの人は、綾乃の担当編集者の再子さんだ。

再子さんは慌《あわ》てた様子で続ける。

「それに、いくら私が外に出さないからって警察呼ぶことないじゃない！」

はて、と綾乃が首を傾げる。

「警察？」

「そうよ！　今ここに来てるの！　綾乃を監禁してるんじゃないかって疑われてるの！　だから早く事情を説明してよ！　私このままじゃ逮捕《たいほ》されちゃう！」

あ、そうだ……。

警察に通報したんだった……。

再子さんは余程《よほど》警察に詰め寄られたのが怖《こわ》かったのか、その後もしばらく涙目《なみだめ》で綾乃に助けを求め続けた。

◇　◇　◇

「どうもお騒《さわ》がせしました……」

俺《おれ》と再子さん、それから紛《まぎ》らわしいメッセージを送った綾乃も深々と警察官に頭を下げ、どうにかこうにか場を収めることができた。

ちなみにホテルの生垣をへこませた件も謝《あやま》り倒《たお》して許してもらえた。よかったよかった。

はぁ、と短いため息をつくと、ホテルのロビーで再子さんは頭を抱《かか》えた。

「ほんと……。一時はどうなるかと思ったけど、事情をわかってもらえたみたいで助かったわ……」

「なんかすいません……。俺が勘違いしたばっかりに……」

「幸太くんは気にしないで。悪いのは全部綾乃だから」

「えっ、私⁉」

「あたりまえでしょ！　あんな意味深なメッセージ送ったりして！　そもそも、あんたがまったく新作を書こうとしないからここに閉じ込めることになったんでしょうが！」

閉じ込めてたのは認めるのか……。

それが許されると思ってる辺り、再子さんもちょっとおかしいんじゃないだろうか……。

ぶつくさと文句を垂れる再子さんは、「それで？　どのくらい進んだの？」と綾乃に問いかけた。

綾乃は気まずそうに目を逸《そ》らすと、

「は……半ページくらい、かなぁ」

「半ページ⁉　一ページも書けてないの⁉　今日一日あったのよ⁉」

「し、しかたないでしょ！　全然続きが思いつかないんだから！」

「はぁ……。今書いてるのってたしか、主人公とヒロインが家電量販店《りょうはんてん》の大型冷凍庫《れいとうこ》の中に閉じ込められるシーンよね？」

なにそれ。

いきさつがすごい気になる。

つーかなんで冷凍庫の中に入ろうと思ったんだよ、主人公とヒロイン。

綾乃は眉《まゆ》をひそめて、

「ええ、そう。密室でお互《たが》いの距離《きより》が近くなってドキドキする恋愛シーンよ」

え？　ギャグシーンじゃなくて？

再子さんは納得《なっとく》したように「なるほどね」と頷《うなず》くと、じろりと俺に視線を向け、顎《あご》に手を当てて思考を巡《めぐ》らせた。

「《たしか……幸太くんは綾乃の恋人《こいびと》じゃないのよね。けど、綾乃は二人っきりになると幸太くんの話しかしないし、スマホの待ち受け画像も幸太くんの写真だった……。これはもう片想《かたおも》いしているのは間違《まちが》いない。だったらこれを利用しない手はないわね！》」

再子さんのダダ洩《も》れの考えに、俺は慌てて二人に背を向け、ホテルから出ようとした。

「じゃ、じゃあ、俺はこの辺で帰ります！　では！」

迅速《じんそく》かつ冷静にその場をあとにしようとしたが、すでに俺の肩《かた》にはがっちりと爪《つめ》が食《く》い込まんばかりに再子さんの手がのっかってしまっている。

な、なんて握力《あくりょく》だ！

再子さんはそのまま背後から囁くように言った。

「うふふ。幸太くん。ちょっと協力してほしいことがあるの」

「れ、冷凍庫に閉じ込めるのはやめてください……」

「大丈夫。そんなとこに閉じ込めたりはしないわよ」

「ほっ……」

「あなたを閉じ込めるのは、綾乃がいるホテルの部屋だから」

「……え？」

こうして、俺は強制的に綾乃が軟禁されているホテルの一室に閉じ込められることとなった。

◇　◇　◇

夜中の二十三時過ぎ。

ベッド脇《わき》に設置された間接照明がオレンジ色の光を放つと、薄暗《うすぐら》い室内にはどこか艶《なま》めかしい雰囲気《ふんいき》が漂《ただよ》った。

俺はその中で緊張《きんちょう》しながらも、ふかふかのベッドの上に腰《こし》かけ、室内に響《ひび》くシャワーから放たれる水の音に耳を澄《す》ませていた。

現在、壁《かべ》一枚を隔《へだ》てた向こう側にはシャワーを浴びている綾乃がいる。

時折ご機嫌《きげん》な鼻歌や、石鹸《せっけん》を泡立《あわだ》てるシャカシャカという音が聞こえるたび、俺はますますたまらなくなって、この場から逃げ出したい衝動《しょうどう》にかられた。

す、すぐそこで、綾乃が、は、裸《はだか》になって……。

だめだとはわかっていても、俺の頭の中は綾乃の妄想《もうそう》でいっぱいになった。

柔肌《やわはだ》に伝う真っ白な泡《あわ》。水気を含《ふく》んだ長い黒髪《くろかみ》。可愛《かわい》らしい声で響く鼻歌。

だぁぁぁぁぁぁ！

ちくしょう！　妄想が止まらねぇ！

だってしかたないじゃん！　俺思春期だもん！

再子さんに、「今晩綾乃と一緒《いっしょ》にいてあげて。そうすればきっと小説の続きが書けるはずだから！」って言われて、いつの間にか本当にここに閉じ込められてるんだもんなぁ……。

しかも、今度は逃げられないようにって窓と扉に、外側から釘《くぎ》まで打たれちゃった……。

普通《ふつう》そこまでするか？

つーか、年頃《としごろ》の男女を密室に閉じ込めるか？

あの人頭おかしいよ……。

ぜったいサイコパスだよ……。

再子さんじゃなくてサイコさんだよ……。

きゅ、と蛇口《じゃぐち》を閉める音がして、浴室の扉が開く気配が続く。

どうやらシャワータイムは終わったらしい。

それからしばらくしたのち、ガラリと脱衣所《だついじょ》の戸がスライドし、綾乃が姿を現した。

さっきまでのジャージ姿ではなく、真っ白なバスローブに着替《きが》えている。その下に下着を着用しているかどうかは、俺には知る由もない。

しっとりと水気を含んだ黒髪にバスタオルをのせ、ぐしぐしと両手で揉《も》んでいた。

普段《ふだん》は見ることのできない無防備なその姿にうっかり見惚《みと》れてしまっていると、目が合った綾乃が恥ずかしそうに頬《ほお》を膨《ふく》らませ、「なによっ」と、それまで髪の毛を拭《ふ》いていたバスタオルでパサリと俺の顔を叩《たた》いた。

特に痛いということはなかったが、その瞬間《しゅんかん》にふわりと香った石鹸の香りにどぎまぎし、思わず目を伏《ふ》せてしまった。

「な、なにすんだよ……」

「見すぎだしっ」

見てないって！　と弁明しようかとも思ったが、これ以上ごたついて、海に行った時にも綾乃の胸をガン見していたことを掘《ほ》り返されたくなくて口をつぐんだ。

ぐぬぬ、と唇《くちびる》を噛んでいると、ぽすんと綾乃が横に腰かけ、バスタオルを頭にかけたまま言った。

「……幸太もシャワー、浴びてきたら？」

まさか俺の人生で、異性からそんな言葉を投げかけられるとは思ってもみなかったので、気を抜《ぬ》くと感動で泣いてしまいそうだった。

感極《かんきわ》まっている俺を他所に、綾乃は俺の肩にひょいと手を伸《の》ばすと、そこにくっついていたであろう葉っぱをひょいと摘《つ》まみ上げた。

「ほら。早くシャワー浴びてきなさいよ。あんなところに倒れ込《こ》んだせいで、私も幸太も草の汁《しる》やら葉っぱやらがついて汚《よご》れちゃったんだから」

こいつはなんでこんなに冷静なんだ？

いくら服が汚れたからって、一緒の部屋にいてシャワー浴びるとか恥ずかしくないのか……？

一瞬そんな疑問が浮かんだが、それは綾乃の心の声を聞いてすぐに解決した。

「《こうちゃんのバスローブ姿見たい！　ハァハァ。同じ部屋でこうちゃんと一晩一緒！くぅぅぅ！　やばいやばいやばい！　あ、そうだ。この感動を手帳に書き込まなくちゃ！》」

あの妄想日記まだ続けてるのか……。

綾乃のやつめ……。興奮で恥ずかしさが消し飛んでやがる……。

ほんとそういうとこあるよな。直した方がいいよ。

「じゃ、じゃあ、俺もシャワー借りるから。……それと、そろそろ電気つけようぜ。なんで間接照明だけしかつけないんだよ」

「えっ。だって雰囲気って大事じゃない？」

なんの雰囲気だ、なんの。

だめだこいつ……。興奮しすぎて自分が何を言っているのかすらきちんと理解してない……。

はぁ……。こんな状態の綾乃と一晩過ごせだなんて、再子さんも無茶《むちゃ》言うぜ……。

こうなったらさっさとシャワー浴びて寝《ね》るしかないな。

うん。そうしよう。

「じゃあ、俺もシャワー浴びてくるから。……覗《のぞ》くなよ？」

「んなっ⁉　ののの、覗くわけないでしょ⁉　ももも、もう！　びっ、びっくりしちゃうなぁぁぁ！」

いやそんな、図星つかれた！　みたいな反応されたら困るんだけど……。

マジでやる気だったんじゃねぇだろうな……。

疑いの目を向けると、綾乃はあからさまにごまかそうとして口笛を吹《ふ》き、目をキョロキョロと泳がせた。

やっぱり覗く気だったのか……。

さすが、夜な夜な勝手に合鍵《あいかぎ》使って俺の部屋に侵入《しんにゅう》してるだけのことはある。やることが容易に一線を越《こ》えてきやがるぜ。

俺はもう一度「覗くなよ？」と念を押《お》し、そのままシャワーを浴びることにした。

服を脱《ぬ》ぎ、そそくさと浴室へと足を踏《ふ》み入れると、さっきまで綾乃が使っていたせいでタイルが濡《ぬ》れており、それが妙《みょう》に生々しくて緊張した。

ついさっきまでここに裸の綾乃がいたんだよな……。

………。

はっ！　だめだだめだ！　余計なことを考えるとあとでまた目を合わせづらくなる！

妄想を払《はら》いのけ、さっさとシャワーの蛇口に手を伸ばした。

……が、俺の邪念《じゃねん》を駆《か》り立てるように、外から綾乃の心の声が聞こえてきた。

「《こうちゃんが……私と二人きりのホテルの一室でシャワーを浴びてる！》」

無視だ……。無視……。

「《むふふ。この向こうに裸のこうちゃんが……》」

聞こえない……。なにも聞こえない……。

「《あぁぁぁぁ！　もうぉぉぉ！　間違えたふりして入っちゃおうかな！　こうちゃん鈍《どん》感《かん》だし、絶対わざとだってバレないと思うんだよね！》」

どう間違えるつもりなんだよ！

だぁもう！　集中できん！

俺は早々に全身の泡を流すと、すぐさま浴室から脱衣所へと飛び出した。

全身の水気を拭い、あらかじめ用意しておいたバスローブに着替《きが》え、ガラッと勢いよく脱衣所の戸を開くと、そこには中腰《ちゅうごし》になって戸の隙間《すきま》から中を覗こうかどうか悩《なや》んでいた綾乃がぽつんと立っていた。

突然俺が戸を開けたせいで、綾乃は逃げるタイミングを逃し、いかにも不審者《ふしんしゃ》ですよという格好で固まってしまっていた。

綾乃はその体勢のまましばらく血の気が引いたような驚いた表情を浮《う》かべていたが、すぐにいつものようにキッと俺を睨《にら》み、恥ずかしげもなく言い放った。

「ちょっとそこの洗面台で歯を磨《みが》こうと思っただけよ。勘違いしないでよねっ《あっぶなぁぁぁぁぁ！　もうちょっとで私が突入したタイミングでこうちゃんと鉢合《はちあ》わせてた！良心の呵責《かしゃく》を感じてここで一旦《いったん》考え込んでて助かったぁ》」

綾乃さん、下心の塊《かたまり》じゃないですか……。

え？　最近の女子高生ってみんなこうなの？

やだぁ……。

うまくごまかせたと言わんばかりに胸を張る綾乃は、くるりと踵《きびす》を返し、ドスンとベッドに腰を下ろした。歯磨《はみが》きはどうした。

部屋の隅には机が一つ置いてあり、その上に電源がついたままのノートパソコンが開かれた状態になっている。

どうやら画面に表示されているのは書きかけの小説らしい。

「続き書かなくていいのか？　再子さんにまたどやされるぞ」

「しかたないわよ。書きたくても書けないんだもの」

「スランプっていうやつか……」

「そんな大層なもんじゃないわ。ただ、どうもやる気が起きないってだけ……《小説を書いていれば嫌《いや》ってほどわかるのよ……。お母さんがどれだけ天才かってことがね……》」

綾乃が今も小説を書いている理由は、自分の母親であり、小説家である海藤一花《かいどういちか》よりもおもしろい小説を書くためだと、この前のサイン会で豪語《ごうご》した。

きっと、その自分自身の言葉が『枷《かせ》』となり、綾乃を苦しめているのだろう。

綾乃の横に並ぶように座《すわ》ると、みずきから聞いた昔話を思い出して口火を切った。

「そう言えば、夏祭りの日の集合時間とかどうする？　この調子じゃ、夏休みの最終日もホテルに缶詰めか？」

綾乃は慌てた様子で、

「そ、そんなの絶対イヤ！」

と、声を張り上げたところで、大声を出してしまった自分に驚き、恥ずかしそうに声をひそめた。

「……だ、だって、私お祭り好きだし。それまでに小説の方はなんとかするから……《せっかくのこうちゃんとのお祭り……。一緒に思い出作りたいもん……》」

「そういやぁ、あの話覚えてるか？」

「あの話？」

「ほら、みずきが話してただろ？　昔、片想いしてた二人がいて、男の方に婚姻《こんいん》の話がきたけど、結局天女《てんにょ》が現れて丸く収まったってやつ」

「あぁ。あの幼馴染《おさななじみ》の話ね」

そこは別に強調しなくてもいいんだけどな。

「そ、そうそう」

「その話がどうかしたの？」

結局、綾乃が今書けなくなっている本当の原因は、自分自身が課した、母親を超えなければいけないという『枷』である。

ならば、背中を少し押してやるだけで、綾乃はまた小説を書けるようになるはずだ。

だから俺は、嘘偽《うそいつわ》りのない言葉で綾乃の背中を押すことにした。

「あんな昔話より、綾乃が書いた小説の方が百倍おもしろいと、俺は思うよ」

綾乃はどう反応していいのかわからないように目を丸くしていたが、俺は構わず続けた。

「俺が今まで読んだどんな小説よりも、漫画《まんが》よりも、綾乃が書いた小説が一番だ。だから
また、新作が完成したら俺にも読ませてくれよ。詩仁《うたに》先生」

そう言うと、綾乃は少し戸惑《とまど》ったようにたずねた。

「……幸太は、どうしていつも私を応援《おうえん》してくれるの？」

俺は小説のことなんてわからない。

けど、はっきり言えることが一つだけある。

「――なんたって俺は、詩仁竹子《たけこ》の一番のファンだからな」

綾乃は恥ずかしそうに、けれど、嬉《うれ》しそうに口元を緩《ゆる》ませて大きくうなずいた。

「うんっ。ありがとう、幸太っ！」

◇　◇　◇

深夜。

カタカタというパソコンのキーボードを叩く音で目が覚めた。

どうやらいつの間にか眠《ねむ》ってしまっていたらしい。

ベッドの中でゴロンと寝返《ねがえ》りを打ち、音がしているパソコンの方に目をやると、一心不乱に小説を書きなぐっている綾乃の後ろ姿があった。

声をかけて邪魔《じゃま》するのも気が引けたので、心の中で「がんばれ」と囁《ささや》いてから、もう一瞼《まぶた》を閉じた。

◇　◇　◇

窓から差し込む朝日で目を覚ますと、机に突《つ》っ伏《ぷ》して寝息《ねいき》を立てている綾乃がいた。

画面に映った書きかけの小説を見る限り、昨日よりも随分《ずいぶん》進んだらしい。

「すごいなぁ、綾乃は」

同じ高校生なのに、すでに心血を注いで小説家として歩み続ける綾乃をただただ尊敬した。

けど、ちゃんとベッドで寝ないと風邪《かぜ》引いちまうぞ。

綾乃を起こさないように布団《ふとん》をかけようとした時、バスローブの胸の辺りがはだけてかなり肌《はだ》が見えていて、その無防備な姿についつい見入りそうになったが、どうにかこうにか目を逸らして布団をかけることに成功した。

「じゃあな、綾乃。がんばれよ」

俺もバスローブから着替えると、小さくそう呟《つぶや》いてからホテルをあとにした。

◇　◇　◇

その後、一旦《いったん》家に帰って草の汁で汚れた服を洗濯機《せんたくき》にぶちこみ、清潔な格好へと装《よそお》いを新たにすると、ずっと冷凍《れいとう》しっぱなしにしていた例の魚のお土産《みやげ》を手に、神楽猫《かぐらねこ》神社へ向かった。

神楽猫神社の鳥居をくぐるなり、にゃあおと甘《あま》ったるい鳴き声で白夜《びゃくや》が俺の胸へと飛び込んでくる。

「おう、白夜。元気にしてたか？」

「にゃ！」

「そうかそうか。元気にしてたかー」

ぐしぐしと頭をなでていると、腕《うで》にひっかけていたお土産が入ったビニール袋《ぶくろ》がズシリと重くなり、見てみると猫姫様《ねこひめさま》がずっぽりと頭を突っ込んでいた。

この神様はあいさつすらせずお土産に直行か……。

白夜の方が礼儀《れいぎ》正しいじゃないか……。

「ちょっと猫姫様……。そんなにがっつかなくてもあげますから……。というか、まだ魚は冷凍されてて――」

食べれない、と続けようとしたが、がばっと顔を上げた猫姫様がすでに冷凍された魚をバリバリと嬉しそうに頬張《ほおば》っていたので言わなかった。

「ほぉ！　冷えた魚とは幸太もなかなか気が利《き》くではないか！　むしゃむしゃ……。うむ！　冷たくてうまいっ！　暑い夏にはうってつけじゃな！」

その魚まだガチガチに凍《こお》ってるやつだぞ……。

それを難なく食うなんて……。

さ、さすが神様、やっぱりすげぇや……。

……いや、別にすごくないか。

どちらかというと神様にしてはしょぼい特技だ。

うん。やっぱりこれからも猫姫様を尊敬するのはやめておこう。

「む？　なんじゃ？　なにか失礼なことを考えておらぬか？」

「いえ、まさか！　俺が猫姫様に対して失礼な態度を取ったことがこれまでありましたか!?」

「お前はいっつも失礼じゃろがい！」

ぺしっと突然《とつぜん》伸《の》びてきた尻尾《しっぽ》で頭をはたかれた。

その尻尾、そんな使い道があったのか……。

「猫姫様ってキャットフードとかも食べるんですか？」

「はぁ？　なんじゃと？」

げっ。怒らせたか？

「す、すいま――」

「食べるに決まっとるじゃろうが！　わしをなんじゃと思っとる！」

神様だよ。

しっかりしろよ、マジで。

「……じゃあまた今度買ってきますよ」

「むふふ。よい心がけじゃ。褒《ほ》めてつかわす」

思いのほか冷凍の魚を気に入ってくれたのか、猫姫様はその後も上機嫌《じょうきげん》にバリボリと魚をむさぼった。

魚もついに背骨と頭だけとなった頃《ころ》、猫姫様がたずねた。

「ところで、今日はなにかわしにしてほしいことがあるのではないか？」

「え？　どうしてわかるんですか？」

「お前との付き合いも長いからな。心の声が聞こえずとも、顔を見ればおおよその見当はつく」

すごい……。

魚の骨しゃぶりながらじゃなかったら素直《すなお》に感心してたところだ……。

「実はですね、二つほど頼《たの》みたいことがありまして」

「ふむ。言うてみよ。片手間で叶《かな》えられる頼みならどんなことでも叶えてやろう」

もっと全力を出せよ！

「えっと、いっつも俺の様子を録画してる水晶玉《すいしょうだま》あるじゃないですか？　あの録画をもう一度見返したいんですけど、いいですか？」

「よかろう。白夜よ、持ってまいれ」

猫姫様に命令され、それまで俺の腕の中でゴロゴロと喉《のど》を鳴らしていた白夜がスタスタと拝殿《はいでん》へ走っていくと、両前足を器用に使って水晶玉を転がして運んでくれた。

相変わらず器用だなぁ……。

「で、どの映像が見たいんじゃ？」

「竜崎つくしが映っているシーンを全部お願いします」

「よかろう」

水晶玉の中に、竜崎つくしに関する映像が次々と浮かび上がる。

どうやら現時点から巻き戻《もど》っているようで、映像の時系列は時間の経過と共に古くなっていった。

その中で、あるシーンが目に留《と》まり、俺は咄嗟《とっさ》に声を上げた。

「あっ！　今のところで止めてください！」

「ここか？」

映し出されたのは、竜崎つくしが初めて綾乃に対して敵意を持ったあの映画館のシーンだった。

そこには、じっとこちらを睨みつけている竜崎つくしのやや後ろに、不気味な笑《え》みを浮かべる道明寺小春の姿があった。

このタイミングで偶然《ぐうぜん》映画館にいたとは考えにくい。

ならばやはり、本当に小春が裏から手を回し、竜崎つくしをけしかけたのだろう。

結果としてその作戦は失敗に終わったが、みずきと綾乃を危険に晒《さら》したことに変わりはない。

猫姫様は映し出された小春と俺とを見比べると、

「それで？　これからどうするつもりじゃ？　相手はやる気満々なんじゃろう？」

「ええ。だからこっちも全力で相手をしてやります」

「ふむ。ほどほどにのぉ。……して、頼みごとが二つあると言っておったが、もう一つはなんじゃ？」

「白夜を少し貸してほしいんですよ」

「なぬ？　何故《なぜ》じゃ？　……はっ！　も、もしや、白夜をもふもふしながらでないと寝《ね》れんくなったのか！　あぁ、まさかそこまで追い詰められておったとは……。安心せい！　わしのもふもふで癒《いや》してやる！　ほぉれ！　もふもふせい！」

「ちょ、ちょっと！　頭をこすりつけないでください！　もふもふで困ります！」

「あっはっは！　どうじゃこのもふもふは！」

ぐいぐいと頭をこすりつける猫姫様を押しのけ、膝《ひざ》をつき、大人しく座っていた白夜に問いかける。

「白夜。お前にやってほしいことがあるんだ。頼めるか？」

「にゃあ！」

「よし。じゃあその内容だけど――」

と、頼みごとをし終えると、白夜はさっそく神社から飛び出し、町へと繰《く》り出した。


「頼んだぞ。白夜」

第四章『にゃおんにゃおんランド』

夏休みも終盤《しゅうばん》に差し掛《か》かり、クリア済みのゲームをもう一度プレイするかどうか悩むほど時間を持て余していた頃、不意にスマホに着信が来た。

みずきか。こんな朝っぱらからどうしたんだ？

まさか、またパーティーに来いとか言わねぇだろうな……。

やや疑心暗鬼《ぎしんあんき》気味に電話に出ると、スピーカーからは溌剌《はつらつ》としたみずきの声が飛んできた。

『あっ！　幸太《こうた》！　おっはよう！』

「おう。おはよう。なんだ、朝から随分ご機嫌じゃねぇか」

『えへへ～。実はそうなんだよね～』

もったいぶる気配を醸《かも》し出しつつ、みずきは続ける。

『ところで幸太さぁ、今日暇《ひま》？』

「ん？　あぁ。ここ最近はずっと暇だな。ゲームもクリアしちまったし……。もうやることがねぇよ」

『へぇ！　じゃあもう夏休みの宿題も終わったんだね！』

「いや、それはまだだ」

『……じゃあ暇じゃないじゃん』

「よく聞けみずき。やらなければいけないことは、やりたいことでは決してないんだぞ」

『やらなきゃいけないことなら早めにやろうよ……』

そんな正論は聞こえません。

「それより、俺になにか用事があったんだろ？　遊びの誘《さそ》いだったら一目散に行くぞ」

『幸太が暇で助かったよ』

「うるせぇ」

『じゃあ、どこに行くかは会ってからのお楽しみってことで』

「なんだよそれ……。まさかまた変なパーティーに連れて行かれるんじゃないだろうな」

『あはは！　違《ちが》う違う！　もっと楽しい場所だよ！』

「楽しい場所？　どこだ？」

『ふふふー。内緒《ないしょ》だよー』

えっ。なにその含み笑《わら》い。めっちゃかわいいんですけど！

『電車で行くから、一時間後に駅で合流して一緒に行こう』

「了解《りようかい》」

『あ、そうだ。幸太、夢見《ゆめみ》ヶ《が》崎《さき》さんに連絡《れんらく》取れる？　ボクがメッセージ送っても既読《きどく》すらつかないんだよねー。よかったら幸太から夢見ヶ崎さんも誘ってくれないかな？』

あぁ……。綾乃《あやの》、あれからまだホテルで缶詰《かんづ》め状態らしくて、うちにも全然来ないんだよなー……。

たぶん今日も無理だと思うけど、念のため連絡だけはしておくか。

「一応連絡しておくけど、あいつ最近忙《いそが》しいみたいだから、来れるかわからんぞ」

『そうなの？　残念……。じゃあ、またあとでねー』

「おう」

ピッ、と通話を切り、すぐに綾乃へメッセージを送るが、みずきが言った通り、しばらく待っても既読すらつかなかった。

とうとうスマホも取り上げられたか？

ま、綾乃の様子は再子さんがみてるだろうし、問題ないだろう。

家を出るギリギリまで綾乃からの返信を待ってみたが、結局返信はなく、俺はそのまま一人で待ち合わせ場所へ向かうことにした。

◇　◇　◇

「さて、みずきはどこかな？」

約束の駅のホームに到着《とうちゃく》すると、そこにはそれなりに利用客が行きかっていた。

学生たちのほとんどが夏休みであっても、スーツを着たサラリーマンや主婦らしき人、それから家族連れなんかも多く賑わっていた。

当然、それに応じて心の声も次々と舞《ま》い込んでくる。

「《あぁ、ねむぅ》」「《急がないと乗り遅《おく》れる！》」「《義実家行きたくないなぁ》」「《お腹《なか》減った》」「《パパ歩くの遅《おそ》い！》」「《夏期講習って明日だっけ？》」「《早く冬にならないかなぁ》」

なんていう当たり障《さわ》りのないものがほとんどを占《し》めている。

心の声が聞こえるようになった最初の頃は、こんなに一気に聞こえてきたら気分が悪くなったりしてたっけ。

今じゃ、これだけ大勢の心の声が聞こえてもまったく問題ない。

いやぁ、俺《おれ》も成長したもんだなぁ。


「《あっ！　幸太だ！》」

ん？　今の心の声はみずきだな。ようやくついたのか。

「《ふふふ。まだこっちに気づいてないみたいだし……。後ろから『だーれだ』ってして驚《おどろ》かしちゃおっ！》」


……ふむ。

よしわかった。来い！

俺はあえて、みずきの心の声が聞こえてきた後ろを振《ふ》り向かず、そのまま仁王《におう》立ちする決心をした。

何故なら、みずきからの『だーれだっ！』を思う存分堪能《たんのう》するためである。

微動《びどう》だにせずまっすぐ前を向いていると、そろりそろりと背後に近寄っていたみずきが、

「えいっ」と俺に飛びかかり、両手で目を覆《おお》い隠《かく》した。

「だーれだっ！」

天使ですね？　わかりますよ。

とは言わず、俺は驚いたフリを交えながら、

「うわっ。突然《とつぜん》なんだ⁉　え？　も、もしかしてみずきか？」

「うふふー。せーかぁい！」

みずきが両手をずらしてそう耳元で囁いたので、チラッと後方を確認《かくにん》すると、楽しそうな表情のみずきがこちらを覗き込んでいた。

近っ！　つーか、かわいい！

みずきは体のラインが出ないよう、ダボッとしたシャツと半ズボンを身に着けているが、やはり本当の性別を知っている俺には活発な女子としてしか映らず、かわいさはマックスであった。

「幸太、びっくりした？　だめだよー。こんな簡単に後ろを取られちゃ。ボクが暗殺者じゃなくて助かったねっ」

「お、おぉ……。助かったよ……」

俺がみずきのかわいさについつい見惚れてしどろもどろになると、みずきはこてんと首

を傾《かし》げ、

「ん？　どうかした？」

はぁぁぁ！　かわいいいぃぃぃ！

「い、いや、別に……」

そのあまりのかわいさに口がにやけそうになるのをこらえながら、

「そ、それで？　今日はどこに行くんだ？」

「実はねー……」

と、みずきは背負っていたリュックに手を突っ込むと、「じゃーん！」と効果音をつけて三枚のチケットを取り出した。

「テーマパークのチケットだよっ！　お姉ちゃんからもらったの！」

「まさかそれって、最近できたばっかかでめっちゃ人気の……」

「そう！　『にゃおんにゃおんランド』のチケットだよ！」

にゃおんにゃおんランドとは、様々な施設《しせつ》が取り揃《そろ》えられたテーマパークの名称《めいしょう》で、開設したばかりということもあってか、最近は頻繁《ひんぱん》にCMが流れている。

「おぉ！　すげぇ！　うんざりするほどCM流れてるあのにゃおんにゃおんランドだろ⁉

俺一回行ってみたかったんだよ！」

「そうそう！　あのうんざりするほどCMがやってるにゃおんにゃおんランドだよ！」

「ジェットコースター乗ろうぜ！　ジェットコースター！」

「いいねいいね！」

「4Dのアトラクションにも乗ろうぜ！　あの匂《にお》いまでするってやつ！」

「水しぶきでびちゃびちゃになろうっ！」

「でもってめっちゃ甘いチュロス頬張りながらパレード見ようぜ！」

「いぇぇぇぇぇぇい！」

と、俺たちのテンションがマックスまで上がった時、ピコン、とスマホに綾乃からのメッセージが届いた。

『疲《つか》れた。まだ終わらない。ここは地獄《じごく》。書かないと出られない。再子さんが私を離《はな》さない。けど、どうにか隙《すき》を見て必ず行く。どこに行くか教えておいて』

このテンションの差よ……。

今からテーマパークではしゃごうって言うのに、なんて暗いんだ綾乃……。

またスランプ……とかじゃないよな。たぶん、単に書くのが遅いんだろう。

スマホを確認している俺に、みずきがたずねる。

「もしかして、夢見ヶ崎さんから返信来たの？」

「あぁ……。本人は途中《とちゅう》参加する気満々だけど、この様子だとどうなるかわからんな」

「そっかー。来れるといいねっ！」

「だな……」

ま、綾乃には悪いが、今日は目《め》一杯《いっぱい》楽しませてもらうか。

◇　◇　◇

電車を乗り継《つ》ぎ、郊外《こうがい》にあるにゃおんにゃおんランドの最寄《もよ》り駅へ到着すると、そこにはすでに家族連れやカップルでひしめき合っていた。

「やっぱすげぇ人気だなぁ」

「夏休みだし、まだできて間もないからね」

「この調子だとアトラクションは三つ四つ乗れたらいい方だな」

「待ち時間長そうだもんねー《けど、ボクとしてはずっと幸太と一緒《いっしょ》にいれればそれでいいから、あんまり気にならないかなー》」

きゅ、急にぶっこんでくるのやめて……。

心臓に悪い……。

ドキドキと高鳴る心臓を鎮《しず》めつつ、周囲の人の流れに身を任せ、駅からにゃおんにゃおんランドへと向かう。

駅を出てすぐ、視界いっぱいに広がるテーマパークの敷地《しきち》。

うねるように宙を乱れるジェットコースター。そこから聞こえる悲鳴。

氷山を模した巨大《きょだい》な建造物からは、急流すべりの滝《たき》がほぼ真下に向かって落ちていて、その向こうには今人気の国民的アニメとコラボしたキャラクターのバルーンが浮いている。

みずきが興奮気味にそれらを指差し、

「ほら、見てよ幸太！　ジェットコースターがすっごい波打ってるよ！」

子供っぽくはしゃぐみずきを見ていると、なんだかこちらまで楽しくなってくる。

「そうだな。あれは絶対乗らなくちゃいけないな」

「そうだよね！　あぁ、楽しみだなぁ！」

そのままにゃおんにゃおんランドの入場口までやってくると、その正面上部には巨大な猫《ねこ》の看板が取り付けられていた。どうやらこの猫のキャラクターが、ここのメインマスコットキャラクターらしい。

不意に途中から参加すると言っていた綾乃のことを思い出した。

一応、すでににゃおんにゃおんランドに行くことは伝えてあるけど、あいつほんとに来れるのか？

念には念を入れて、再度綾乃に『もしも到着したら入る前に連絡してくれ。チケットを渡《わた》しに行くから』とメッセージを送っておいた。

ま、俺にできることって言ったらこれくらいだな。

スマホでメッセージを送り終えると同時に、パッと手を引かれ、慌《あわ》てて視線を前に向けた。

「ちょ、ちょっと、危なっ」

躓《つまず》きそうになる俺に、手を引いて前を歩くみずきが振り返る。

「さぁ、行こっ！　幸太！」

うわぁ。かわいすぎてなんか呼吸止まりそうになった。

このかわいさマジで同じ人間か？

そのうち後光とか差すんじゃね？

◇　◇　◇

『只今《ただいま》にゃおんジェットコースターは二時間待ちになります』

最も混むであろうジェットコースターの前まで来ると、そんな看板が立てられていた。

普段《ふだん》なら二時間待ちの行列になんて並ぼうとすら思わないのだが、それがジェットコースターともなると二時間くらいはしかたないかぁ、と思えるので不思議だ。

「どうする？　二時間だってよ」

「まぁ、二時間くらいは待つよねー。調べたら四時間待ちの日とかもあったらしいし、しかたないよね」

「じゃあ、並ぶか」

「だね」

そのまましばらくぼうっと列に並びながら、夏休みの宿題の話やら、血液型占《うらな》いの信用性だかを語り合った。

それでもまだ一時間ほど待ちそうだなぁ、とあくびをしていると、不意に背中を、つー、とくすぐったい感触《かんしょく》が走った。

「ひゃっ⁉」

そのくすぐったさで思わず間抜《まぬ》けな声を漏《も》らすと、いつの間にか背後に回っていたみずきがクスクスと笑い声をあげる。

「ちょっと、幸太ぁ。なに今の声ぇ。ひゃっ、だってー。あはははっ」

「な、なんだよ……。お前今、背中触《さわ》ったろ……」

「触ったよ」

みずきはピンと人差し指を立てて見せてくる。

どうやら指で俺の背中をなぞったらしい。

「やめろよぉ。俺くすぐったいの苦手なんだからな……」

「いやさぁ、待ってる間暇《ひま》だから、アレやろうと思って」

「アレ？」

「ほら。背中に文字書いて、何を書いたか当てるゲーム」

「あぁ……。あったな、そんなの」

けど、何故今それをやる……。

俺が抗議《こうぎ》の声を上げる前に、みずきは「じゃあいくねー」と、再び俺の背中にそっと指をあて、それを、つー、と縦横無尽《じゅうおうむじん》に動かしていく。

一応、ゲームと言われたからにはそれにつき合おうと思い、みずきがなにを書いているか当てようと努めたが、みずきの指先が背中をなぞるたびにぞわぞわとくすぐったくなってしまい、口からは抑《おさ》えきれない声が漏れ出てきた。

「ふ……。ふふ……。ふはっ……ふー……」

「あははっ！　幸太くすぐったいの？」

「そ、そんなわけ……ふっ⁉」

「へぇ。ここが弱いの？」

「あはは！　ちょ、ちょっとみずき！　脇《わき》の下は反則だろうが！」

「ごめんごめん。で、なんて書いたかわかった？」

「わかるわけねぇだろ！　……つーか、ほんとに文字書いてたのか？」

「えー、もー。ちゃんと書いたよー」

いたずらっぽく微笑《ほほえ》むみずきの心の声が、まっすぐ俺に飛んでくる。


「《今日はデートだね、って書いたんだよ》」


今この瞬間《しゅんかん》を、みずきがデートだと認識《にんしき》していると聞かされると、途端《とたん》に意識してしまい、恥《は》ずかしくなって顔を背《そむ》けた。

そんな俺の動揺《どうよう》など知らず、みずきは続ける。

「もう一回書いてあげよっか？」

「い、いいって……」

「じゃあ、次は幸太の番だねっ」

「……え？」

「え、じゃないよ。今度は幸太がボクの背中に文字を書くんだよ」

「俺が？　みずきの背中に？」

「そうだよっ。はい、どうぞっ！　ボクはくすぐりには強いからねっ！　どんな難しい字でもお茶の子さいさいだよっ！」

どうぞ、とみずきは自信満々に背中をこちらに向けている。

マジか……。え、いいのか？　指一本くらいなら触ってもセーフなの？

け、けど、この遊びって小学生くらいの頃は男女問わずやってたし、俺が意識し過ぎなだけだよな……。

「よ、よぉし。じゃあ、やるぞぉ……。ほんとにやるからな？　いいんだな？」

「どんとこいだよっ！」

「で、では……失礼して……」

と、みずきの背中に文字を書こうとした時、俺の背後に立っていた他の客が、どん、と俺の背中にぶつかってきた。

「あ、すいません！」

と謝《あやま》られはしたものの、俺がピンと伸《の》ばした指はあらぬ方へとズレてしまい、みずきの首筋を、すー、となでてしまった。

その瞬間、みずきがぴくんと背筋を伸ばし、「んっ！」と、あからさまに甘ったるい声を、それなりの音量で響《ひび》かせてしまった。

自分でも意図していなかったその艶《なま》めかしい声に、みずきはむぐっと口に手を当てて顔を真っ赤にしたのち、ジロリと俺を睨《にら》んだ。

「こ、幸太ぁ～」

「ち、違うんだ、みずき！　今のはわざとじゃなくて――」

「わざとじゃないならなんなのさ！　首筋は反則でしょ！」

「わ、悪い！　まさかみずきの弱点が首筋だなんて知らなかったんだ！」

「弱点言うなっ！」

相当恥ずかしかったのか、みずきは珍《めずら》しく頭から湯気を立てながらなぞられた首筋を手で押《お》さえている。

「ご、ごめんよぉ……」

「ったく……」

俺に背中を向けたみずきの心の声が聞こえてくる。

「《恥ぁぁぁぁずかしぃぃぃぃ！　めっちゃ声出たんですけど！　だって幸太が急に首筋なんて触るから……。はぁぁぁぁ……。もう、まだ結構な時間並ぶのに、周りの人に絶対変な人だって思われてるよ……。…………けど、首筋って意外とぞくぞくとするんだなぁ。も、もしかして、せ、せ、性感帯ってやつなのかな……？　うわぁ、じゃあなおのこと恥ずかしいじゃん！》」

その……なんていうか……マジですまん！

◇　◇　◇

「すっっっごい楽しかったねっ、ジェットコースター！」

首筋の件で少しぷりぷりしていたみずきだったが、ジェットコースターのおかげであっという間に機嫌《きげん》を直してくれた。

「あぁ。マジでヤバかったな……。俺一回もバーから手離《はな》せなかったよ……」

「あはは一。安全バーがあるんだから平気なのにぃ」

「俺はあんなの信用しない」

「安全バーを信用しないのに、どうしてジェットコースターに乗ったのさ……」

ジェットコースターって久々に乗ると結構怖《こわ》いんだなぁ……。

くっ。まだ足が震《ふる》えてやがるぜ……。

鎮まれ、俺の両足。

「ねぇねぇ、幸太。見てー」

呼ばれて視線を向けると、みずきは頭の上に猫耳《ねこみみ》を生やしてポーズを取っていた。

「かわいい」

「えっ!? ほんと!? ——って、ボ、ボク、男だからっ！ かわいいとか言われても困るからっ！」

し、しまった……。

あまりのかわいさについ本音が出てしまった……。

「その猫耳、結構つけてる人見かけるよな」

「うんっ。どうせだから幸太も買ってお揃いにしようよっ！」

「え？ 俺もそれつけるのか？」

「もっちろん！」

「えー……」

「ほらほらっ。文句言わないのー。チケットあげたでしょー」

「ここでそんなこと言うなんて卑怯《ひきょう》だぞ……」

「うふふ。機転が利くと言ってほしいなー」

と、半ば強引《ごういん》に猫耳を購入《こうにゅう》させられると、俺もみずきもそれを装着してテーマパーク内を歩くことになった。

最初は恥ずかしかったが、周囲も同じような人ばかりなので、意外とすぐに気にならなくなった。

まぁ、楽しいしよしとするか。

みずきの猫耳姿も堪能できたし……。

そのままゆっくり施設《しせつ》内《ない》を練り歩いていると、一角にあるカフェエリアが目に入った。

そう言えばずっと歩きっぱなしだったな。

そろそろどこかで座《すわ》って休憩《きゅうけい》するか。

「なぁ、みずき。そこのカフェでちょっと休憩しようぜ」

「いいよー。たしかに歩き疲れたしねー」

カフェにも多少長い列が形成されていたが、それでもジェットコースターほどではなく、入《い》れ替《か》わりも激しいため、すぐに俺たちの順番はやってきた。

カウンターのメニューに目を落としながら、みずきはどれにしようか、と目を泳がせている。

「えーっと……じゃあ、ボクはこのにゃおんアイスのバニラをお願いします！」

「俺はにゃおんアイスの抹茶《まっちゃ》で」

かしこまりました、と店員さんが奥《おく》の調理場へ注文を告げると、すぐに二つのアイスが
トレイに並べられて手渡《てわた》された。どちらも猫の顔を模してあって、なかなかかわいらしか
った。

そのトレイを受け取り、どうせだからと店外にいくつか用意されているテラス席へと移
動し、そこへ腰《こし》を下ろした。

座ってみると、予想以上にくたびれていたのか、足がジンジンと痛むのがわかった。

「はぁ……。やっぱジェットコースター二時間待ちは足に来るなー」

「ふふふ。幸太は普段から運動不足だからすぐ疲れるんだよ」

「なにをー。じゃあみずきは平気なのか？」

「ボクは幸太よりも運動してるからねっ！　このくらいへっちゃらさ！」

そう言えばみずき、体育の時間では率先《そっせん》してバスケとかしてたな……。

いっつもそれが普通《ふつう》だったからあんまり違和感《いわかん》とかなかったけど、よくよく考えてみれば男に交じって遜色《そんしょく》なく動けるって結構すごいのでは……？

「ひ、人の価値は運動神経では決まらないんだよ」

「それ結奈ちゃんもよく言われるって言ってたよっ」

どうして俺の周りの女子はこんなにも運動ができるやつばっかりなんだ……。

みずきはさっき購入したバニラアイスを一口頬張《ほおば》ると、うーんっ、とおいしそうな声を漏らした。

「このバニラ、すごい味がしっかりしてておいしいっ！　牧場で出てくる搾《しぼ》りたてのやつみたい！」

「へぇ。テーマパークで出てくる食べ物って、値段だけ高くて味は普通ってのが多そうだけどな」

「幸太も食べてみなよっ」

「どれどれ……」

促《うなが》され、猫の顔を模した抹茶アイスをスプーンですくおうとするが、一瞬《いっしゅん》、これどこから食べるのが正解なんだ？　と思い躊躇《ちゅうちょ》してしまった。

けれど、そのまま猫の顔をじっと見ていると、どことなく生意気な目つきが猫姫様《ねこひめさま》と似ているなぁ、と感じ、俺は迷わずその中央をスプーンで抉《えぐ》り取った。

そのままパクリと抹茶アイスを口に放《ほう》り込《こ》むと、みずきの言った通り、市販《しはん》のアイスなんかよりも遥《はる》かにおいしかった。

「おぉ、うまい！　すごいな、これ……」

「でしょう！」

どうしてお前が得意げなんだ……。

「ねぇねぇ、ボクのバニラも一口あげるから、幸太の抹茶も一口ちょうだいよっ！」

「いいぞ。ほら」

と、抹茶アイスが入った器をみずきの方へ押し出した瞬間、カフェの前にある通りから、口元にマイクを装着したキャストの女性が突然割って入った。

女性はマイクで自分の声を響かせながら、マスコットキャラクターであるにゃおんくんの着ぐるみを引きつれ、大声でまくしたてる。

「お～っと！　そこのカップルさん！　ちょっとよろしいですか！」

その大音量の声に、周囲の人も一斉《いっせい》に視線をこちらへ向ける。

俺は突然のできごとに、しどろもどろになって答えた。

「えっと……なんですか？」

「実はですね！　ただいま『にゃおんくんとカップル写真を撮っちゃうにゃん！』キャンペーンを行っておりましてですね！　お二人と、こちらのにゃおんくんとでお写真を撮らせていただきたいんですよ！　もちろんお代はいただきません！」

「は、はぁ……」

カップルと言われ、みずきがすかさず反応する。

「ボ、ボク、男です！　男同士です！」

とまくしたてるも、キャストの女性は少し驚きはしたものの、すぐに満面の笑《え》みへと戻《もど》り、

「同性同士のカップルの方も大歓迎《だいかんげい》ですよ！」

そういうことじゃないんだなこれが……。

俺たちはカップルじゃないんですよ、と言いたかったが、周囲に人も集まっており、とても断れる雰囲気《ふんいき》ではなかった。

みずきもそのことを察したのか、こっそりと俺に、

「写真くらい大丈夫だよね？」

「しかたないだろ。この雰囲気で断れねぇよ……」

小声でそう言いかわしたのをキャストの女性は聞き逃《のが》さず、「ありがとうございます！」

とすぐさまにゃおんくんを俺たちの後ろへと配置した。

キャストの女性がカメラを構え、机をはさんで俺とみずき。その向こうに両手を広げたにゃおんくんが立っている。

キャストの女性がカメラ越《ご》しに、

「ちょ〜っとお二人、表情が硬《かた》いですね〜。もっと笑って！　スマイル！」

言われた通り口角を上げてみるが、どうやらお気《き》に召《め》さなかったらしく、

「たは〜！　まぁだ硬いですよっ！　あっ！　そうだ！　お二人とも、そのアイスをお互《たが》いに、あーん、してあげてください！」

「「えっ⁉」」

俺もみずきも同時に目をぎょっと見開くが、そんなことはお構いなしにキャストの女性はまくしたてる。

「大丈夫です！　完璧《かんぺき》に撮りますので！　まっかせてください！」

だからそういうことじゃねぇって……。

うーん、とみずきと顔を見合わせるが、周囲も完全に俺たちの、あーん、を期待しているようで、ニヤニヤ笑みを浮《う》かべながらこちらを見つめている。

俺はみずきに小声で、

「ど、どうする……？」

「どうするって、この状況《じょうきょう》で断れないよっ！」

「だよなぁ……」

そう言えば、前にもこんなことがあったな……。

あれはたしか、ハンバーガー食ってる時に、雨宮《あまみや》先生の目をごまかすため、みずきがポテトゲームをしようとかなんとか言って……。

けどそのあと、綾乃が現れて結局やらなかったんだよなぁ。

みずきも同じことを思い出しているようで、顔を赤らめている。

「《うぅ……。こんな人前で幸太に、あーん、しろだなんて……。前にもこんなことがあったっけ……。そう言えば、あの時はまだ、幸太のこと意識してなかったなぁ……。けど、ボクが幸太にこんなことするチャンス、たぶん、もうこの先絶対に来ないよね……。だ、だったら、今日一日くらいは……いいよね》」

みずきはチラッと俺を見てから、持っていたスプーンでアイスを一さじすくい上げた。

「ほ、ほら、幸太。あーん、だよ？」

照れたような、嬉《うれ》しそうな、そんな表情のみずき。

一瞬《いっしゅん》綾乃の顔を思い出したが、ここで断れば、きっとみずきを傷つけてしまう。

俺は意を決し、自分のアイスを一口持ち上げると、みずきの腕《うで》と交差するように手を伸ばした。

「あ、あーん……」

「あーんっ」

みずきのピンク色をした唇《くちびる》に、俺が差し出したスプーンがぱくっと収められる。

同時に、俺の口の中にもミルクの味が広がった。

頭が痛くなりそうなほどひんやりとしたアイスだったけれど、どうにも顔が熱い。たぶん、この夏の日差しのせいだろう。

パシャリ、とカメラのシャッターが切られる音がして、キャストの女性がにこやかに言う。

「いやぁ！　おかげでいい写真が撮れました！　ありがとうございます！　これ、よかったら記念にどうぞ！」

キャストの女性が使っていたカメラはすぐに現像できるタイプだったらしく、手渡された写真を見てみると、お互いに真っ赤な顔をしながらアイスを頬張っている俺とみずきがしっかり撮られていた。

は……恥ずかしい！

俺マジで顔真っ赤じゃん！　めっちゃ意識してんじゃん！

あぁぁぁぁぁ！　今すぐ記憶《きおく》消してぇぇぇ！

あまりの恥ずかしさに悶《もだ》えている間に、キャストの女性はにゃおんくんを引きつれ、その場から立ち去ってしまった。

おそらく次の獲物《えもの》をさがしに行ったのだろう。

短いため息をつくと、じっと写真を見つめるみずきが、恥ずかしそうにこんなことを言った。

「ね、ねぇ……幸太。この写真、ボクがもらってもいいかな？」

その遠慮《えんりよ》がちな上目遣《うわめづか》いの表情に、さっき口の中に広がったミルクの味を思い出した。

「す、好きにしろよ」

そう言うと、みずきはにっこりと微笑み、写真を大事そうに胸に抱《かか》えた。

「やったぁ！　ありがとう、幸太！」

ここで、俺は再認識《さいにんしき》させられた。

今こうしていることは、紛《まぎ》れもなくデートなのだということを。

◇　◇　◇

「アイスおいしかったねっ！」

みずきはそんなことを楽しそうに言いながら、前を歩いてこちらを振り返った。

さっきのできごとを思い出し、ついついみずきの唇に目がいってしまう。

「そう、だな……」

何気ない風を装《よそお》い、話題を変える。

「で？　次はどのアトラクションにする？」

四つ折りの場内地図を広げると、みずきも俺のすぐとなりに陣取《じんど》り、視線を落とした。

完全に体が密着しているが、そのことは考えないように努めた。

「えっとねー……急流滑《すべ》りに4D……。それともキャラものか……うーん……」

眉《まゆ》をひそめ、散々唸《うな》り声《ごえ》を漏らしたあと、みずきは、あっ、と地図の隅《すみ》っこを指差した。

「ここ！　ここにしよう！」

ここ、とみずきが指差した場所には、『にゃおんＤＥハウＴＨ』という古ぼけた屋敷《やしき》のイラストが描《えが》かれていた。

「これ、もしかしてお化け屋敷か?」

「そう!　やっぱり夏はお化け屋敷だよねっ!」

「そういやぁ、前にも言ってたな、肝試《きもだめ》しに行きたいって。あの時は結局海に決まっちまったけど」

「ボク怖いの結構好きなんだぁ!　ホラー映画とかもよく観《み》るんだよ!　ぐちゃぐちゃのやつ!　この前みんなと一緒に観た『屍《しかばね》バンザイ』でハマっちゃってさぁ」

あの映画にハマるやつとかいるんだ……。

さすがホラー映画好きの間で話題になっているだけのことはあるな……。

「じゃあ、行くか。お化け屋敷」

「うんっ!」

◇　◇　◇

『にゃおんＤＥハウＴＨ』の周囲は、本当にここはさっきまでと同じテーマパークの中なのだろうかと不思議に思うほど人気《ひとけ》がなかった。

うねるように作られた小道に生えそろっている街路樹も不気味にグネグネと曲がりくね

っていたり、野生のカラスがガァガァと鳴き喚《わめ》いている。

あのカラス、ここで飼われてるのか？　いや、まさかそこまでしないよな……。

道端《みちばた》に点々と転がっているドクロや墓石を避《さ》けつつ、どうにかこうにか目的の『にゃおんDEハウTH』の前にたどりついたはいいものの、目の前にある屋敷が本格的過ぎて、入るのがためらわれた。

ぎぃぎぃと風で揺《ゆ》れる正面玄関《げんかん》。ガラスが割れた窓から時折覗《のぞ》く白装束《しろしょうぞく》の女。BGMなのか他の客のものなのかよくわからない悲鳴。

正直今すぐ引き返してにゃおんくんを抱《だ》きしめたかったが、根性《こんじょう》なしと思われるのも癪《しゃく》なのでぐっとこらえた。

「な、なかなか雰囲気があるな……」

心の中でみずきに『やっぱりやめとこうか……』って言って！　と念じてみたが、みずきはキラキラと光る目を屋敷に向け、

「うわぁ！　ほんとだねっ！　すごぉい！」

だめだ……。

こいつ全然ビビっちゃいねぇ……。

うわぁ……。マジかぁ……。今からこの中に入るのかぁ……。やだなぁ……。

けど、ここで引いたら男がすたる……。

しかたない。やってやるよ。

なぁに。こっちは毎日命がけの生活をしてるんだ。

ちょっとやそっとじゃ驚《おどろ》いてなんてやるもんか！


「よし！　行くぞみずー――きー――？」


勇んでみずきを先導して屋敷へ突入《とつにゅう》しようとしたその瞬間、俺《おれ》はありえないものを見てしまった。

それは、横並びになった俺とみずきの間から、ぬぅっと顔を覗かせ、こちらをまっすぐと見つめる黒髪《くろかみ》の女だった。

長い髪はぼさぼさ、目の下にはひどいクマ。ぎょろっとした目はまさに、この世のものではなかった。

その唐突《とうとつ》な女の登場に、くくったはずの腹から振《ふ》り絞《しぼ》るような声が飛び出した。

「きゃあああぁぁぁぁぁぁぁ！」

その悲鳴のなんと情けなかったことか……。

生娘《きむすめ》のごとく叫《さけ》んでしまった俺とは対照的に、みずきは、あれ、と首を傾《かし》げてその女に言った。

「もしかして、夢見ヶ崎さん？」

みずきが綾乃の名前を呼び、なんとか少し冷静さを取り戻した俺も、突然《とつぜん》現れた女によくよく目を凝《こ》らしてみた。

すると、みずきの言った通り、その女はまごうことなき綾乃本人であった。

あの時と同じ、ラフなジャージを着ている。

「あ、綾乃⁉」

綾乃の様子はいつもとはまるで違《ちが》い、みるからにやつれている。

綾乃は眠《ねむ》そうな目をこちらに向けると、

「来たわ」

「来たわって……。連絡《れんらく》してくれればチケット渡しに言ったのに……。それにしても、よくここにいるってわかったな」

「勘《かん》よ……。ふふふ。最近ね、ずっと部屋に閉《と》じ込められてたから、第六感が冴《さ》えわたるようになってきたの……ふふ……ほら見て、そこの割れたガラスの向こうに白装束の女が立っているわ」

「あ、うん……。それはたぶんキャストの人だな……」

冷静に指摘《してき》されてちょっと恥ずかしかったのか、綾乃は頬《ほお》を赤くしてギロリとこちらを睨んだ。

「じょ、冗談《じょうだん》に決まってるでしょ。ただ、西園寺《さいおんじ》くんがこの前肝試ししたいって言ってたから、ここかなぁって思って来ただけよ。本気にしないでよねっ」

みずきには聞こえないよう、綾乃の耳に口を近づけてこっそりたずねる。

「ところで綾乃、お前小説の方はどうしたんだよ。ずっと部屋に閉じ込められてたんなら、まだ全部終わってないんだろ？」

「《ふわぁぁぁ！　こうちゃんが耳元で囁《ささや》いてる！　ゾクゾクするよぉ！》」

話聞けよ！

綾乃は恍惚《こうこつ》とした表情を浮かべたあと、はっとしたように咳払《せきばら》いをして、

「それは問題ないわ」

「おっ。じゃあ全部終わらせて――」

「再子さんに連れ戻されるまでにはまだ時間があるから！」

やっぱり逃《に》げてきたんかーい。

呆《あき》れて言葉も出ない俺の代わりに、みずきが嬉しそうに言った。

「とにかく、合流できてよかった！　夢見ヶ崎さんも一緒《いっしょ》に行くよね、お化け屋敷！」

「ええ。もちろんよ《薄暗闇《うすくらやみ》で躓いたフリしてこうちゃんに抱きついちゃおう！》」

下心がすごい！

そんなこんなで、俺たちは三人で『にゃおんDEハウTH』の中へと足を踏《ふ》み入れることとなった。

その際、さっきまで割れた窓ガラス越しに見えていた白装束の女性がぬぅっと入り口に現れて、一枚の紙を差し出し、「こちらに、サインを……」と促した。

紙には、『誓約書《せいやくしょ》：遊戯《ゆうぎ》中の如何《いか》なる怪我《けが》や事故、精神的損耗《そんもう》などによるあらゆる損害の責任を一切《いっさい》問わないことを誓《ちか》います』と書かれていて、一番下にサインをする空白があった。

演出か？　演出だよな？

本当になにかあるから他の客が寄りつかなくなったとかじゃないよな？

気軽にサインしていいものかと頭を悩《なや》ませている両脇《りょうわき》で、綾乃とみずきは少しも躊躇することなく自分の名前を記入した。

「なっ⁉　お、お前ら、そんなあっさりサインしていいのかよ⁉」

あっけらかんとしてみずきが言う。

「え？　あはは！　幸太もしかして怖いの？　大丈夫だよっ。これこういう演出だと思うしさ！」

「ほ、ほんとか……？　信じていいのか……？」

不安になる俺に、綾乃がクスリと笑いかける。

「あら。幸太、意外とこういうの苦手なのね《むふふ！　これは恐怖《きょうふ》で動けなくなったこうちゃんの頭をよしよししながら出口を目指すっていう可能性も出て来たわね！》」

そんな可能性は微塵《みじん》も存在しねぇよ！

「ま、まぁ……二人が平気ならいいんだけどさ……」

と、しぶしぶ俺も誓約書にサインをすると、白装束の女性が奥に伸びる廊下《ろうか》を指差して、

「この屋敷の中のどこかに出口が存在しています。どうぞそれをさがし出し、脱出《だっしゅつ》してください。では……」

そう言い残し、俺たちが入ってきた扉《とびら》を外から固く閉じると、辺りは一気に暗くなった。

奥まで続く廊下には汚《よご》れた赤いじゅうたんが敷《し》かれていて、左右対称《たいしょう》に何枚もの扉、右手には二階へ上がる階段がある。

「外から見た感じだと、この建物は二階建てだよな」

「だねっ。けど、出口って普通一階にあるものじゃない？」

綾乃は物怖《ものお》じせずに一番近くの扉を開きながら、

「こういう探索《たんさく》は、まずは一階からって相場が決まってるものでしょ？」

「そんな簡単に扉を開けるなよ。なにかいたらどうするんだ」

「どうせいたって人間でしょ。そんなのちっとも怖く……ない…………わ？」

扉を開いた綾乃は何故《なぜ》だか言葉を詰《つ》まらせ、ぎょっと目を見開いて部屋の中を見つめている。

俺とみずきの位置からは角度的に部屋の中までは見えなかったので、どうかしたのかと揃《そろ》って中を覗いてみると、そこには荒《あら》い鼻息に肩《かた》を揺らしながら、ダラダラと口から涎《よだれ》を垂れ流すミノタウロスの姿があった。

大きさはゆうに三メートルを超《こ》えていて、天井《てんじょう》に頭がぶつからないよう、前傾《ぜんけい》姿勢になって、赤く光る眼でこちらを睨みつけている。

どう反応していいのかわからず、喉《のど》からは「わぁ…………」と、まるで他人事のような声が漏《も》れた。

同時に、それまで扉を開いて硬直《こうちょく》していた綾乃がパタリと扉を閉めると、直後、一人だけ脱兎《だっと》の如く廊下の奥へと猛《もう》ダッシュした。

その後ろ姿を見て、俺とみずきも慌《あわ》ててあとに続いた。

「さ、先に逃げるなんて卑怯だぞ綾乃！」

「だってあんなの反則よ！　どう見ても人間じゃないじゃない！」

背後から、ドォォォンッ、と爆発音《ばくはつおん》のようなものが聞こえて振り返ると、さっきまでミノタウロスがいた部屋の扉が吹《ふ》き飛ばされていて、そこからぬぅっと奴《やつ》が姿を現した。

直後、ドシンドシンと屋敷中に響き渡《わた》る足音を立てて追いかけてくる。

「ぎゃあああああ！　き、来たぞ！　あれ中身どうなってるんだ！」

「知らないわよそんなこと！」

みずきはミノタウロスの方を振り返りながら、

「あ、あいつ手にすっごい大きな斧《おの》持ってるんですけど！」

「見るな、みずき！」

「それでなんか、すっごい血が垂れてるんですけど！」

「見るなぁ！」

三人で廊下を走り抜《ぬ》け、曲がったところにある部屋の中へと飛び込むと、ミノタウロスの足音はドタドタと過ぎ去り、遠ざかっていくのがわかった。

「はぁはぁ……。反則だろあんなの……」

「ボクもう出たい……」

みずき……。入る前まではあんなに余裕《よゆう》だったのに、すでに涙目《なみだめ》じゃねぇか……。

「《西園寺くんが出て行ったらこうちゃんと二人きりになれる！　やったぁ！》」

余裕か！

切り替えがはえぇよ！

部屋の中には、ボロボロのキャノピーが取り付けられたベッドが一つだけポツンと置いてあり、みずきはそこへストンと腰を下ろした。

「ふぅ……。とにかく早く出口を見つけないと……あれ？　このベッド、妙《みょう》に膨《ふく》らんでるなぁ」

みずきの言う通り、ベッドの中央がふっくらと膨らんでいる。

それはまるで、ベッドのシーツの中に何者かが寝転《ねころ》んでいるようで、俺たちは三人そろってその膨らみを目で追い、キャノピーの奥に見えるベッドの枕元《まくらもと》を確認《かくにん》した。

するとそこには、骨と皮だけになった老婆《ろうば》が横たわっていて、しゃがれた声で「タスケテェ」と漏らし、こちらに向かって手を伸ばしていた。

「ぎゃあああああああ！」

誰《だれ》ともなく叫び声を上げ、みずきを先頭に、入ってきたのとは別の扉から外へ出て行こうとしたが、その扉のすぐ外にミノタウロスが待ち構えているのを発見し、俺と綾乃はすぐに足を止めた。

だが残念なことに、一番に部屋から飛び出したみずきだけはミノタウロスと鉢合《はちあ》わせしてしまい、その巨大《きょだい》な手でぎゅっと握《にぎ》りしめられてしまった。

「うわぁぁぁぁ！」

「みずきぃぃぃぃ！」

「た、助けて、幸太！」

「みずきぃぃぃぃぃぃぃぃぃぃ！」

そのまま、バタン、と扉が閉じられると、すぐにみずきの絶叫《ぜっきょう》は聞こえなくなった。

慌てて再び扉を開いてみるが、そこにはすでにミノタウロスの姿も、みずきの姿もなくなっていた。

その様子を見た綾乃が両手を合わせる。

「西園寺くんは必要な犠牲《ぎせい》だったのよ」

「諦《あきら》めるのが早い！　臨機応変にもほどがあるだろ！　今の見ただろ⁉　みずき、完全にミノタウロスに掴《つか》まれてたぞ！　いいのかあれ！　法的に！」

「まぁ、ちょっと過激なお化け屋敷だと思えばいいんじゃない？　《これでこうちゃんと二人きりだぁ！　えへへ〜。どうやって甘《あま》えちゃおうっかな〜》」

無敵か！

ミノタウロスの気配もなくなり、安堵《あんど》していると、綾乃はベッドに腰かけ、となりをポンポンと叩《たた》いた。

「とりあえず少し座って落ち着きなさいよ」

「いや、そのベッドに謎《なぞ》の老婆《ろうば》寝てますけど？」

「大丈夫よ。この人はただの人間だから」

「骨と皮しかない人間なんていないと思う」

「最近の特殊《とくしゅ》メイクってすごいのね」

そういうことキャストさんの前で言わないであげて！

ほら！　ちょっと気まずそうな顔してるじゃん！

俺は老婆がうめき声を上げているベッドに腰を下ろすことはせず、代わりに部屋の奥にある窓から外の景色に目を向けた。

俺たちが入ってきた入口付近が視界に入ると、そこにはミノタウロスにお持ち帰りされたはずのみずきがポツンと立っていて、こちらに気づくなりぶんぶんと手を振った。

「おーいっ！　幸太ぁ！　ボクゲームオーバーになっちゃった！」

それにしては嬉しそうだな、おい。

「いいなぁ……。俺もミノタウロスに捕《つか》まればよかった……」

綾乃はベッドに腰かけたまま、臆《おく》せずに言った。

「あ、そうだ。結局夏祭り、何時集合にするの？」

「それ今する話か？」

「しかたないでしょ。私今、再子さんに一日十分しかスマホ使えないようにされてるのよ」

子どもでももう少し時間もらえるだろ……。

もっとがんばって交渉《こうしょう》してみろよ……。

「どうりで返信が滅多《めった》に来ないわけだ……。けど、待ち合わせったって、まだ仕事してるんだろ？　夏祭りまでには終わりそうなのか？」

「正直微妙《びみょう》ね」

「だめじゃん……」

「けど大丈夫よ。最近、再子さんの監視網《かんしもう》の穴を見つけたの。そこをつけば今日みたいに簡単に抜け出せるわ」

「いや、そんなことする前にさっさと仕事終わらせろって……」

綾乃はベッドのシーツをぎゅっと握りしめると、

「だってしかたないじゃない！　パソコンに向かうと急に書く気力がなくなるんだもの！　頭の中にアイディアはあるのよ!?　けど全然筆が進まないの！　あれなに!?　どういう現象!?」

知らんがな……。

一通り文句を言ってすっきりしたのか、綾乃はジトリとこちらを睨《にら》み、

「《けど、ようやくこうちゃんと二人きりになれたなぁ。はぁ～。久々の生こうちゃん！　やっぱいいなぁ！　スマホで撮りためてる写真じゃ補えない清涼感《せいりょう》があるよねっ！》」

老婆もいるって言ってんだろ。

あと俺に清涼感とかねぇから。

こんな状況でもまだ俺にデレる綾乃に、呆れるやら嬉しいやら、いろんな感情が渦巻《うずま》いていると、不意に外にいるみずきの近くに見知った人物の姿を捉《とら》えた。

「あー……。綾乃、残念だが、綾乃の時間はここまでのようだぞ？」

「え？　どうしてよ？　まだ始まったばかりでしょ？　さっ。休憩したら元気も出たし、

さっさと屋敷の探索を続けましょう。あ、私そのあとににゃおんアイスっていうのも食べたいのよねぇ」

呑気《のんき》に語る綾乃に、バンッ、と窓ガラスを叩く音が襲《おそ》い掛《か》かる。

ぎょっと目を見開く綾乃は、叩かれた窓ガラスに、恐《おそ》ろしい形相をした再子さんが張りついているのを見つけ、今日一番の叫び声を上げた。


「きゃあああぁぁぁぁぁぁぁぁぁぁぁ！　で、出たあぁぁぁぁぁぁぁぁぁぁぁ！」


再子さんはそのままガラリと窓を開くと、身を乗り出し、綾乃の首根っこを掴んだ。

「さぁ、帰るわよ綾乃！　まだ仕事が終わってないでしょうに！」

「うわぁぁぁぁん！　再子さんのいじわるぅぅ！　どうしてこの場所がわかったんですかぁ！」

「あんた、自分のスマホ持って行ったでしょ？」

「ま、まさか……ＧＰＳ……？」

「さ、帰るわよ」

「幸太！　この人私をＧＰＳ検索《けんさく》してる！　怖《こわ》いよぉ！　幸太ぁ！」

「がんばれー」

「それだけ⁉」

そうして、慌ただしくも綾乃は再子さんに連れ帰られる際、大声で叫んだ。

「夏祭りには必ず行くからね！　だから待ってて！」

それを最後に、綾乃と再子さんの姿は見えなくなった。

二人の背中を見送り、さて、と再び室内を見回すと、この状況でもしっかりと不気味な声を上げて俺を怖がらせようとしている老婆と目が合った。

みずきはゲームオーバー。

綾乃は途中《とちゅう》退場。

……なら俺に残された選択肢《せんたくし》はたった一つだな。

俺は高々と手を伸《の》ばし、堂々と叫んだ。

「すいませーん。リタイアしまーす」

◇　◇　◇

綾乃が再子さんに連れ去られている最中、その様子を遠くのベンチに腰掛《こしか》け、眺《なが》めている一組の男女がいた。

一人は初老の紳士《しんし》で、黒いスーツを身にまとい、ベンチには座《すわ》らずピシッと背筋を伸ばし、片手に日傘《ひがさ》を持っている。

もう一人は上品な白いワンピースを着て大きなサングラスをかけ、幸太たちがいる方向をじっとりと盗《ぬす》み見ていた。

その人物は誰であろう、みずきの婚約者《こんやくしゃ》を名乗る、道明寺小春《どうみようじこはる》であった。

小春の耳に、綾乃の声が届く。

「夏祭りには必ず行くからね！　だから待ってて！」

小春は小さく、「夏祭り、ですか……」と呟《つぶや》くと、ふっと笑みを浮かべた。

初老の紳士がたずねる。

「小春お嬢様《じようさま》、もうよろしいのですか？」

「ええ。今日は最初から偵察《ていさつ》だけの予定でしたからね。夢見ヶ崎綾乃の言う夏祭りとは、おそらく『天女《てんにょ》の橋渡《はしわた》し』が由来の例の祭りのことでしょう。だとすれば、そこで仕掛《しか》けた方が圧倒的《あっとうてき》に有利ですからね」

「おっしゃる通りです」

「ふふふ。見てなさい……。あの三人の友情に修復できない亀裂《きれつ》を入れ、西園寺みずきを孤立《こりつ》させて、わたくしの言う通りに動くだけの人形として飼いならしてあげますわ」

小春はすくっと立ち上がると、初老の紳士はそれに合わせて日傘を移動させ、二人はテーマパークをあとにした。

その二人のあとを、一匹《ぴき》の白猫《しろねこ》が気配を殺し、スタスタとついていく。

◇　◇　◇

あれから『にゃおんにゃおんランド』でアトラクションやらパレードやらを堪能《たんのう》した俺とみずきは、すっかり夜も更《ふ》けた頃に地元の駅へと着いた。

「どうせだから一駅分歩かない？」

というみずきの提案にのり、俺たちは人気《ひとけ》のない通りを歩いていた。

みずきが興奮したように言う。

「ミノタウロスの人、すっごい礼儀《れいぎ》正しかったよ！」

「あれマジで人入ってたのかよ」

「最新の科学技術なんだってさ！」

「すげぇな、最新の科学技術……」

けど、あれだけ迫力《はくりょく》があったら敬遠されて客は来ないだろうな……。

今日一日歩き通しだったせいか、足がまるで棒のようだった。

「みずきは大丈夫か？　俺はもう足が限界だ」

「あはは。やっぱり幸太は運動不足だね。ボクはまだまだ平気だよっ！」

「そっかぁ。強い子だなぁ、みずきは……」

苦笑いを浮かべながらもなんとか一歩一歩懸命《けんめい》に進んでいると、みずきの心の声が聞こえてきた。

「《あのこと……幸太に聞いてみようかな……けど……》」

どうやらみずきは俺に聞きたいことがあるらしい。

それは人の多い電車の中ではたずねにくいことなのだろう。

わざわざ一駅分歩こうと言ったのはこのためか、と納得《なっとく》した。

みずきの思う『あのこと』に心当たりがないか記憶を探《さぐ》ってみる。

最近のみずきとのやりとりを考えると、おそらく婚約者である小春のことか？

「《……やっぱやめとこうかな……うーん……》」

どうにも歯がゆかったので、俺の方から言葉を投げた。

「ところで、例の小春っていう婚約者とはどうなんだよ？」

「えっ⁉」

みずきはあからさまに動揺《どうよう》し、ぎょっと体をこわばらせる。

やっぱりそのことか……。

もしかしてなにか進展があったのか？

みずきは目を泳がせ、えーっと、と考える素振《そぶ》りを見せたあと、恥《は》ずかしそうに指を遊ばせながらたずねた。

「その……幸太はさ、もしもボクが結婚《けっこん》したら……どう思う？」

「……は？」

思ってもみなかった問いに面食らい、きょとんと間抜《まぬ》けな表情を浮《う》かべてしまう。

ここは適当に流すのが無難なんだろうけど……。

そう思っても、真剣《しんけん》な眼差《まなざ》しのみずきを見ていると、誠意のない上辺だけの返答をすることはどうしてもできなかった。

歩を緩《ゆる》めず、次第《しだい》に駅も近づいてきた頃《ころ》、俺はようやく言葉を絞り出した。

「そりゃあ……ちょっと嫌《いや》、かな……」

みずきの顔は暗くてよくわからない。

けれど、ニカッと白い歯を見せて「そっか！」と嬉しそうに言った表情は、やはりこの上なくかわいらしかった。

「ま、まぁ、親友に先を越《こ》されるのが嫌なのはしかたないだろ！　べ、別に深い意味はないからな！」

「ふふふ。そうだねっ。ボクたち、親友だからねっ！」

◇　◇　◇

「じゃあ、俺はあっちの路線だから」

「うんっ。今日は楽しかったよっ。じゃあまたね！」

「おぉ」

手を振ってみずきを見送り、人混みの中で一人になると急に孤独《こどく》感が強くなった。

にしてもマジで疲《つか》れたなー。

やっぱ日頃《ひごろ》から運動してないとだめだな。

人混みをかきわけ、隣接《りんせつ》している別路線の駅へ向かうと、その途中で「にゃ〜お」という聞き覚えのある猫《ねこ》の鳴き声が聞こえてきた。

どこからだ、と周囲を見回すと、一匹の白猫が自動販売機《はんばいき》の横にちょこんと座り込《こ》んでいた。

「おぉ、白夜《びゃくや》。頼《たの》んでた小春の監視《かんし》は順調か？」

実は以前、白夜には小春の監視を頼んでおいた。

竜崎《りゅうざき》つくしにみずきを襲わせようとした奴だ。警戒《けいかい》し過ぎて損はないだろう。

「にゃあ！」

「その様子だと順調みたいだな。で？　今日はどうしたんだ？」

「にゃにゃにゃ。にゃ〜」

白夜はビシビシと町を足で指差している。

方角的に、おそらく神楽猫《かぐらねこ》神社のことだろう。

「今から神社に来いってことか？」

「にゃ！」

「よし。わかった」

電車には乗らず、ひょいと白夜を抱え、そのまま神楽猫神社へと足を向けた。

◇　◇　◇

神楽猫神社に到着《とうちゃく》した頃には、さすがに歩き疲れてへとへとになっていた。

「はぁ……。今日だけで昨日までの夏休み中の総歩行距離《きょり》超《こ》えてそうなんだけど……」

白夜を下ろし、膝《ひざ》に手をついてぜいぜいと息を整えていると、境内《けいだい》の中央に七輪を置き、そこでサンマを焼いている猫姫様《ねこひめさま》の姿を見つけた。

猫姫様は俺を見つけると、うちわで七輪の火を扇《あお》ぎながら手招きした。

「おう。なんじゃーー？　土産《みやげ》でも買うて来たんかー？」

土産、という言葉で、『にゃおんにゃおんランド』で購入《こうにゅう》したお土産袋《ぶくろ》をぶら下げていたことを思い出した。

　スタスタと猫姫様のもとへ歩み寄ると、七輪のせいでむっとした熱さが伝わってきた。

「この暑い中よくやりますね……」

「むふふ。よい香りじゃろう？　小ぶりじゃがサンマが手に入ったんでな。ちと焼いてみた。夏に食う熱々の料理こそ粋《いき》というものじゃ！」

「この前は冷凍《れいとう》の魚バリバリ食べてたくせに……」

「それはそれ、これはこれじゃ。んで？　その袋の中にはどんな土産が入っとるんじゃ？」

「あぁ、実はですね……」

　紙袋の中にガサガサと手を突《つ》っ込み、紙でできた長方形の容器を取り出した。

　そこには『にゃおんくん饅頭《まんじゅう》』と書かれていて、様々な顔をしたにゃおんくんが小分けされた饅頭になって敷き詰められている。

「どうぞ」

「ふむふむ……」

　猫姫様は、俺から受け取った『にゃおんくん饅頭』をじぃっと見つめると、途端《とたん》に真顔になってこちらを睨みつけた。

「お前、わしに共食いさせる気か？」

「えっ⁉　共食い⁉」

「これはどう見ても猫の顔をした饅頭ではないか！」

「あ、饅頭だと認識《にんしき》した上でそういう反応なんですね……」

猫姫様は「ったく。わしをなんじゃと思うとるんじゃ……」とぶつくさいいながらも『にゃおんくん饅頭』を一つ掴み、包装紙を開くとそのままパクリと一口頬張《ほおば》った。

普通《ふつう》に食うんじゃねぇか……。

なんで俺今文句言われたの……？

「むぅっ！　なんじゃこれは！　食うたこともない芳醇《ほうじゅん》な甘さじゃ！」

「それはカスタード味ですね」

「うまいっ！　でかした！　お前には褒美《ほうび》に油ののっていないサンマの内臓を一欠けやろう！」

「いりません……」

「むふふっ！　うまぁい！」

その後、猫姫様と白夜、それから周辺にいた野良《のら》猫たちが集まって、俺のお土産と焼きたてのサンマを平らげるのを待ち、ようやく本題へと移った。

「うっぷ……。食った食った……。で？　幸太よ。今日は何用じゃ？」

「え？　俺、白夜に呼ばれてここに来たんですけど？」

「む？　そうなのか？」

白夜が、猫姫様に「にゃあにゃあ」となにやら説明をし始める。

「ほぉほぉ……。ふぅむ……。なるほど……」

と、猫姫様が再びこちらに視線を戻《もど》すと、

「どうやら幸太がこの前頼んどった件で報告があるそうじゃぞ。詳《くわ》しくは白夜に説明させるから心して聞くように」

「白夜に説明？」

俺の疑問を他所に、猫姫様に促《うなが》された白夜は意気揚々《いきようよう》と語り出す。

「にゃーにゃー。にゃにゃにゃ。にゃ〜お。にゃあにゃあ。にゃ！　にゃ〜〜〜。にゃおにゃお。にゃ〜お。にゃにゃ。にゃにゃ。にゃあお。にゃ〜。にゃっ。にゃっ。にゃにゃにゃ。にゃあ。にゃ〜にゃ〜にゃ〜。にゃおっ。にゃお。にゃあ。にゃにゃにゃ〜お。にゃ〜おっ」

なるほど！　わからん！

「いやいや、翻訳《ほんやく》してくださいよ、猫姫様！」

「なぬっ⁉　お前まだ猫語もわからんのかっ⁉」

「そんなのわかる人間いませんよ……」

「お前よく白夜と喋《しゃべ》っておったではないか」

「短ければ雰囲気《ふんいき》でなんとなくわかりますけど、長文は無理ですよ……」

「ったく。しかたないのぉ。お前はわしがおらんと何一つできんな」

はぁ……。神様ってのはどうしてこう偉《えら》そうなんだろうな……。

猫姫様は仁王《におう》立ちして腕《うで》を組み、胸を張ると高らかに宣言した。

「お前はわしがおらんと何一つできんな！」

何故どや顔で同じことを二回言う……。

つっこみたいけど、下手なこと言ったら翻訳してくれなそうだから黙《だま》っておこう……。

猫姫様は「にゃほん」と一つ咳払いをすると、

「要は、小春というおなごが夏祭りの日、お前らの仲を裂《さ》きに来るから気をつけろ、ということじゃ」

「割と短い！　さっきの白夜の感じではもっと長かったのに！」

「猫語は八割がただの鳴き声じゃからな」

「マジですか……」

なにはともあれ、小春の次の行動がわかったのは大きい。

夏祭りにしかけてくるとなれば、こちらも事前にある程度の対策ができる。

あとは当日になって俺《おれ》がどれだけ小春の考えを打ち負かせるかにかかっている。

足元にやってきた白夜の頭をなで、

「ありがとうな、白夜」

「にゃあお！」

じゃれつく白夜のお腹《なか》をぐしぐしとなでていると、猫姫様が思い出したようにつけ加えた。

「おっ。そうじゃそうじゃ。お前に一つ言いたいことがあったんじゃ」

「言いたいこと？」

「この前話しておった『猫伏見橋《ねこふしみばし》』ってのがあるじゃろう？　あれのことなんじゃが——」

と、『猫伏見橋』に関するあることを聞かされ、俺は首を傾《かし》げた。

「今の話本当ですか？」

「うむ。まず間違《まちが》いない」

「そうですか……。じゃあ、俺も一度調べてみますね」

「ま、役に立つかは知らんがな」

「ですね……」

と、猫姫様から話を聞いたところで、俺は身を翻《ひるがえ》し、

「じゃあ、今日はありがとうございました。白夜もありがとう。またちょっとがんばってきますね」

「うむ。この上なくがんばるがいい。またもふもふ成分が足りんくなったら来い」

「あはは。ありがとうございます。では」

軽く会釈《えしやく》して、俺はそのまま帰路についた。

最終章『天女の橋渡し』

「いつまで寝てるの、お兄ちゃん！」

ベッドで熟睡《じゅくすい》していると、ガバッと掛け布団《ぶとん》をはぎとられた。

目の前にはエプロン姿におたまを持った結奈が、ぷりぷりと頬《ほお》を膨らませている。

「結奈ぁ、お兄ちゃんまだ眠《ねむ》いんだけど……」

「眠いって……もうお昼だよっ！　ご飯作ったから食べちゃって！」

妹に布団《ふとん》をはぎ取られるのも、最近では恒例《こうれい》行事のようになってきた。

いや、それもこれもずっと寝てる俺が悪いんだけど……。

眠気《ねむけ》でまだ開きづらい目をこすり、結奈にたずねる。

「そういやぁ、お前今日は来れるよな？」

「お祭りでしょ？　もちろん行くよっ！　久しぶりにみずきくんとも会いたいしねっ！」

みずきとは一年生の頃からつき合いがあったため、この家にも何度か訪《おとず》れていた。

いくらみずきの正体が女であろうと、みずきを男だと思っている結奈がみずきと会うのを楽しみにしていることは、兄としてどこか複雑な気持ちだった。

「なんだお前、まさかみずきに気があるんじゃないだろうな……」

「違《ちが》うよ。みずきくんはねー、女の子みたいでなんだかとっても話しやすいだけっ！　結奈、男の子の友達ってみずきくんしかいないんだよねっ！　だからちょっと新鮮《しんせん》！」

なるほど。なかなか的確な考察じゃねぇか。

けど、一つ残念なことがあるぞ……。

――お前に、男友達はいない！

心の中で妹のモテなさに安堵しつつ、のっそりとベッドから這《は》い出て、そのまま居間へ向かった。

◇　◇　◇

用意されていた玉子焼きを頬張りつつ、つけっぱなしのテレビに視線を向ける。

そこには地元のニュースが流れていて、大量の猫が、ビルに押《お》しかけて人にじゃれつきまくったり、はたまた賽銭泥棒《さいせんどろぼう》を捕まえたり、かと思えば自動販売機の下から小銭《こぜに》をくすねていくという話がおもしろおかしく取り上げられていた。

小銭くすねてんのバレてんじゃねぇか……。

前の席に座った結奈も、思い出したようにつけ加える。

「そう言えば、お兄ちゃんも一度こんなことあったよね？　ほら、猫まみれになって玄関《げんかん》の前で倒《たお》れてたの」

お前が俺のこと踏《ふ》んづけた上で自撮《じど》りしてたやつな。

忘れてねぇぞ。

俺は内心で結奈を睨みながらも、そのことを気取られないように平静を装《よそお》った。

「そんなこともあったなー」

「ここら辺って猫にまつわる話が多いよねー。今日行く夏祭りのもとになった話知ってる？　『天女の橋渡し』っていうやつ」

「あぁ。みずきから聞いた」

「あれに出てくる天女様も耳と尻尾《しっぽ》が生えてたらしいよ？　案外その天女様が猫の神様だったりしてねー。あはは。んなわけないか！」

うおぉ……。

猫姫様の正体がうちの妹にバレたぁぁ……。

なんなんだよ、お前のその察しのよさは……。

どこに行っても鈍感扱《どんかんあつか》いされるお兄ちゃんにも少しわけてくれよ。

この話題をこれ以上膨らませるの怖いんだけど……。

と、この前理事長に連行されている最中に目撃《もくげき》した結奈の姿を思い出した。

「あ、そうだ。お前、この前商店街のとこの大食い大会に出てただろ。まさかいつもあんなことしてんのか？」

「大食い大会？　からあげのやつ？　それともカレー？　あ、うどんかなぁ」

「オムライスだよ……。つーかそんなに開催《かいさい》してんのかよ、大食い大会……」

「てへへ。結奈がいっぱい食べるから、全国からそういう人がたくさん集まってきちゃったんだってさ」

「お前が原因なのかよ……。なに？　いつからあんな大食いになったの？　お前家でそんなに食ってないよな？」

「たしかに家ではそんなに食べてないけど、そこらへん歩いてたらみんな食べ物くれるから、家につく頃にはそこそこお腹いっぱいになってるだけだよっ！」

「そ、そういうのお兄ちゃんちょっと恥ずかしいよ……。え？　うちの妹ご近所さんに餌《え》付《づ》けされてんの？」

「三軒となりの鈴木《すずき》さんの家の肉じゃががおいしい」

「そんなことは聞いてないな」

今度たくさんお土産買ってご近所さんに配って歩こう……。

「ところで、今日って綾乃《あやの》ちゃんは来るの？　最近全然家に来ないけどなにしてるんだろう？」

「今ホテルで缶詰《かんづ》めになって仕事してるらしいぞ。あ、それと、綾乃が小説家だってことは一応秘密だから、他のやつには言うんじゃないぞ？」

「へぇ、缶詰めかぁ。そういうのって普段《ふだん》集中力がない人がやらされそうだよねっ！」

「急にディスってやるなよ……。あいつあぁ見えて結構ナイーブなとこあるんだから……」

「じゃあ綾乃ちゃんは来ないんだぁ、久々に会いたかったのになぁ」

「いや、途中から参加するかもしれないってさ。……まぁ、昨日の夜にメッセージ送ってからまだ既読《きどく》もついてないけど……」

既読もつかないってことは、まだスマホを取り上げられてるってことだよな……。

だったら今も執筆《しっぴつ》中か……。

夏休みほぼホテルに缶詰めとか、さすがにちょっとかわいそうだな……。

結奈はあくびを噛《か》み殺しながら言う。

「じゃあ、結奈ちゃんも含《ふく》めて五人でお祭りに行くんだね」

「そうなるな」

「残念だったね、お兄ちゃん。みずきくんがいなければハーレムだったのに！」

みずきがいてもハーレムなんだなぁ、これが……。

しかも告白されたら死ぬおまけつきでな。

あはは……。ほんと笑えねぇよ……。

その後、結奈が作ってくれた料理を食べ終えると、再び自室へ戻り、スマホでインターネットブラウザを開いた。

そこで『天女の橋渡し』と検索すると、ずらっとそれらしいページが並ぶ。

すでにそれらには目を通してはいたが、念のためもう一度だけ確認《かくにん》しておくことにした。

「夜店が出てるのはここと、ここ、それからこの通り……。トイレはこっちとこっち……。花火の時間は……」

できる限り多くの情報を事前に仕入れておくことで、どのような場面にでも対処できるようにしておく。

道明寺小春《どうみようじこはる》の目的は、俺たちを仲違《なかたが》いさせ、みずきを孤独にし、そこにつけ入って西園《さいおん》寺《じ》家を裏から乗っ取ること。

西園寺家の権力がどうのこうのという話は俺には関係ないが、そのためにみずきを物のように扱《あつか》うのが、俺はどうしても許せなかった。

見てろよ、道明寺小春……。

お前の計画は、俺がすべて台無しにしてやる！

◇　◇　◇

「そろそろ時間だな」

すべての支度《したく》を終え、家を出る前にもう一度スマホを確認するが、やはり綾乃からの返信はない。

ほんとに来れるのか？

わからないけど、随時《ずいじ》俺たちの居場所だけはメッセージで知らせておくか。

玄関で靴《くつ》をはき、中に向かって声を飛ばす。

「おーい、結奈ぁ。行くぞー」

「はいはーいっ！」

トットットッ、と軽い足音が近づいてくると、結奈が、「じゃじゃーん」と両手を広げた。

どうやら今着ている浴衣《ゆかた》を見せつけているらしい。

黄色い花柄《はながら》が入っていて、どことなく子供っぽい印象が強い。

たしか去年も似たような黄色い浴衣を着てたっけ……。

どや顔の結奈の心の声が流れ込んでくる。

「《ふっふっふ。今年は新しい浴衣をおろしたんだよねっ！》」

おっと……。おろしたてだったたか、危ない危ない……。

「へぇ。新しい浴衣買ったのか。よく似合ってるじゃないか」

「へへーん！　そうでしょ！　お兄ちゃんわかってるぅ！　……って、お兄ちゃんも浴衣着なよ。なんで普段着《ふだんぎ》なの？」

「えー……。いいよ、俺は……」

「だぁめ！　季節感って大事なんだから！　さっ！　手伝ってあげるから早く早く！」

「えー……」

結奈に背中を押され、せっかくはいた靴を脱《ぬ》ぎ、一度部屋に戻って浴衣に着替《きが》えることになった。

茶色い浴衣に袖《そで》を通すと、ずっとタンスの中にしまっていたせいか、防虫剤《ぼうちゅうざい》の香りが鼻につく。

結奈は俺の姿をじぃっと見つめ、

「……なんか浴衣着たら地味になったね」

うるせぇ。

お前が着せたんだろうが。

「地味で悪かったな」

「けど大丈夫だよ！　虫とか寄ってこなさそうだし！」

「素直《すなお》に防虫剤臭《くさ》いって言えよ……」

どうせだからと結奈が取り出してきた下駄《げた》をはき、ようやく家を出た。

◇　◇　◇

やはり夏祭りの日ということもあってか、すっかり夕暮れも終わろうかというのに、祭りの会場となる河川敷《かせんしき》横の緑地公園は大勢の人でごった返していた。

一緒《いっしょ》にここまで電車で来た結奈が、ひゃあ、と大げさに驚《おどろ》いてみせる。

「すっごい人だねぇ！　絶対去年より多いよ！」

「去年より？　前も来てたのか？」

「うん。その時は友達と一緒に回ったんだけど、とっても楽しかったよっ。特に花火がすっごいキレイなのっ！」

それ女友達だよな？　男友達いないって言ってたもんな？　男友達はいないけど彼氏《かれし》はいるとか言わないよな？

お兄ちゃん怖くて確認できないよ……。

緑地公園の中は等間隔《とうかんかく》で屋台が並んでいて、焼きそばのソースが焼ける匂《にお》いやら、綿菓《わたが》子《し》の甘《あま》い匂いやらが混ざり合った独特の香りが漂《ただよ》っていた。

「お兄ちゃん！　焼きそばおいしいよっ」

口元にソースをつけた結奈が、焼きそばをズルズルとすすっている。

「いつの間に買ったんだよ……。そもそも、食い物なんてあとで買えばいいだろ」

「お兄ちゃん、そんな考え方じゃお祭りでは生き残れないよ」

サバンナか、ここは。

それからも次々と手当《てあ》たり次第に食料を調達する妹に若干《じゃっかん》引きつつも、約束していた池のほとりへたどりついた。

まだ待ち合わせ時間には少し早いし、ベンチに座ってゆっくりしようと思ったが、どうやらどのベンチもすべて満席らしい。

池の周囲に設置されたベンチのほとんどを、カップルが占領《せんりょう》している。

やっぱり若い男女が多いな……。

みんな『天女の橋渡し』狙《ねら》いなのか？

俺と同じ境遇《きょうぐう》なら、全員今日死ぬんだろうなぁ……。

「はいっ！　お兄ちゃん！　フランクフルト買って来たよっ！」

「サンキュー」

別に腹も減っていなかったが、渡《わた》されるがままに頬張ってみると、皮がパリッとしていて中々うまかった。

「祭りの食べ物って、普段食ってるのと変わらないはずなのに、なんか三割増しでうまく感じるよなぁ。なんでだろう？」

「値段が三割増しだからじゃない？」

「唐突《とうとつ》に嫌なこと言うなよ……。雰囲気を食べてるんだよ、とか他にいくらでも言い方あっただろうに……」

「ひゅー！　ロマンチックゥ！」

「うるせぇ」

さっきまで三割増しでおいしかったフランクフルトも、結奈のおかげですっかりいつも通りの味に戻ってしまった。

手元に残った棒をやや離《はな》れた場所に置いてあったゴミ箱に投げると、スポン、と見事に収まった。

その瞬間《しゅんかん》、人混みから声が届く。

「ナイッシュー、幸太《こうた》」

ふと視線をそちらに向けると、水色の浴衣を着たみずきが、周囲の人混みに負けないよう、懸命に手を振《ふ》っていた。

「よぉ、みずき。早かったな」

なんとか人混みを抜《ぬ》けたみずきは、えへへ、と小さく頭をかくと、

「みんなでお祭り来るのなんて初めてだからね。楽しみで早くきちゃった」

照れくさそうにぺろっと舌を出す仕草が猛烈《もうれつ》にかわいらしかった。

それとその浴衣、男物だけどすごい似合ってます。

あとで握手《あくしゅ》してください。

みずきは、いつもは肩《かた》ほどまで伸《の》びている髪《かみ》を後ろで縛《しば》っていて、普段は見えづらいう

なじが露《あらわ》になっていた。

ついついそのうなじを凝視《ぎょうし》してしまっていると、俺の視線に気づいたのか、みずきが自分の髪に触《ふ》れながら、

「あ、これ？　浴衣だからちょっと髪型《かみがた》変えてみたんだよ。……どう、かな？」

誰《だれ》かぁ！　警察呼んで！

今ここに理性を失いそうな男がいます！

「あ、あぁ、いいんじゃないか？」

俺の中の眠れる獅子《しし》を目覚めさせることなく、なんとか平静を装いはしたが、声は裏返ったし、なにより白目を剥《む》いていた。

「幸太大丈夫？　なんか汗《あせ》かいてるよ？　ハンカチ持ってるから拭《ふ》いてあげるねっ」

「えっ⁉　それは——」

と、俺の制止も聞かず、みずきは持っていた巾着《きんちゃく》からハンカチを取り出し、俺の額の汗を拭《ぬぐ》い取った。

浴衣の広い袖口《そでぐち》から二《に》の腕《うで》の辺りまで見える白い肌《はだ》から、ついつい目が離せなくなる。
エ、エロい！
何故《なぜ》だ⁉　海の時よりなんかエロい！

くぅ……。今だけ……。今だけみずきの浴衣になりたい……。

「お兄ちゃん、なんか変なこと考えてない？」


「はへっ⁉」

突然《とつぜん》舞《ま》い込んだ結奈の声でなんとか理性を保つことに成功した。

結奈は、みずきに汗を拭い取ってもらっている俺を横から訝《いぶか》しげな表情で睨《にら》んでいる。

「そそ、そんな、変なことなんて考えてるわけないだろう！」

「ふ〜ん……。あっそ《今のは絶対、新しいえっちな本を買ってきた時のお兄ちゃんの表情だった。怪《あや》しい……》」

お前はどうして、新しいえっちな本を買ってきたお兄ちゃんの表情を見分けられるんだい？

拭ってもらったそばからおかしな汗をかく俺を他所に、みずきと結奈は手を取り合ってきゃっきゃとその場で飛び跳《は》ねた。

「結奈ちゃん久しぶりだねっ！　浴衣とっても似合ってるよ！」

「みずきくんも久しぶり！　あいかわらずかわいい顔してるね！」

「もー、ボク男だよっ！」

「あはは！　知ってる！」

みずき、よく聞け。

それは完全に女子同士のやりとりだぞ。

もう少し隠《かく》せ。

楽しそうに和気あいあいとしている二人の向こうで、人混みの流れに逆らうようにこちらへ接近してくる人影《ひとかげ》を捉《とら》えた。

やっぱり来たか……。

その人影は俺たちの前までやってくると、さも偶然《ぐうぜん》を装って驚いてみせた。

「あらっ。みずき様に幸太様ではありませんか。こんなところでお会いするなんて奇遇《きぐう》ですね」

その声の主は小春だった。

黒を基調とした大人びた浴衣を着ていて、歩き方から上品さが漂ってくるようだが、やはりその顔に浮かんだ笑《え》みはどこか人形染《じ》みた気味の悪いものだった。

どうやら付き人などは近くにいないらしいが、おそらくこちらの様子はどこかから監視しているに違いない。

小春はあっけらかんとした様子で、

「《まずは偶然の出会いを装って合流することで、二武《にたけ》幸太たちを動揺《どうよう》させ、隙を作る。あとはその隙にうまく取り入ってやれば、この場の主導権を握《にぎ》るのは容易《たやす》い。主導権さえ握れば、適当にグループを別行動させたあと、一人ずつ言葉巧《たく》みに誘導《ゆうどう》して不信感が生まれるようにしてやればいい。ふふふ。わたくしはこれまでに何度もグループを仲違いさせ、意のままに誘導してきたんです。今回も、あっさり目的を果たさせてもらいますわ》」

と、内心でほくそ笑む。

だが、次の結奈の発言でその目論見《もくろみ》は脆《もろ》くも崩《くず》れ去った。

「あっ！　もしかしてあなたが小春さん⁉　お人形さんみたいでかわいい！　今日は一緒にお祭り回るんだよね！　よろしくっ！」

「……はい？」

人形のような小春の眉《まゆ》が、微《かす》かに力む。

「え、えっと……。ん？　一緒にお祭りを回る……？　《その口調じゃあ、まるで最初から──》」

「うんっ！　お兄ちゃんから聞いてたよっ！　結奈たちと一緒に遊びたくて、お兄ちゃんにお願いしたんでしょ？　大丈夫だよっ！　結奈は去年もこのお祭りに来てたからねっ！　いろいろ案内してあげるっ！」

「は、はぁ……。よ、よろしくお願いします……《バ、バカな！　わたくしがここへ来るという情報が漏《も》れていた⁉　ありえない！　今日来ることは外部には漏れないようにしていたはず……それなのに、いったいどうやって……》」

これまで同じような手口で他人を貶《おとし》めてきた小春も、さすがに猫の諜報員《ちょうほういん》の存在は頭の片隅《かたすみ》にもないようで、困惑《こんわく》した目で俺を睨んだ。

俺は小春に一歩近づくと、にっこりと微笑《ほほえ》んでやった。

「小春さんの付き人さんから話は聞いてるよ。うちの妹の結奈は誰とでもすぐ仲良くなれるから心配しないで」

「あ、ありがとう……ございます……《こ、この男！　わたくしが事前に来ることを知っていただけではなく、わたくしが、友達が欲《ほ》しくて困っている風に伝えている！　それはすなわち、カーストの最下層『友達が全然いないけど寂《さび》しいから一緒にいてほしい』人認定をされるということ！　これではこのグループ内での主導権は圧倒的《あっとうてき》に奪《うば》いづらい！　だが、ここで二武幸太の言葉を真っ向から否定すれば、同行することすら難しくなる……。

ここはのるしかないようですね……》」

事前に白夜《びゃくや》から、小春がこの夏祭りでしかけてくることは聞いていた。だから俺は前もって、結奈たちに小春も合流する旨《むね》を知らせ、さらにはその小春が、友達がほしくてたまらないのだという風に伝えておいた。

なおかつ、結奈には小春の面倒《めんどう》を見てほしいと頼んでおいた。そうすることで、小春は俺とみずきではなく、関係のない結奈の相手をすることに時間と労力を割《さ》かれるという寸法だ。

道明寺小春。

お前はこれまで、さぞかし多くの人を不幸にしてきたんだろう。

けどな、今回もそううまくいくと思ったら大間違《おおまちが》いだ。

他人を物としてしか扱えないお前に、同情の余地はない。

世の中には思い通りにならないこともあるってのを、じっくり教えてやる。

結奈は小春の腕にしがみつくと、

「さぁ、小春ちゃん！　行こっ！」

小春は動揺を表には出さず、

「ええ。本日はよろしくお願いします」

「あはは！　小春ちゃんかたーい！」

そのまま俺たち四人は人混みの流れに乗り、祭りを回ることになった。

前を歩く小春と結奈の背中を眺《なが》めていると、この前神楽猫《かぐらねこ》神社で猫姫様《ねこひめさま》に見せてもらった水晶玉《すいしょうだま》の映像を思い出した。

それは、竜崎《りゅうざき》つくしが映画館で綾乃とみずきを目撃した場面。

その後方には、たしかに道明寺小春も映っていた。

そのことから、小春は自らの手でターゲット、あるいはターゲットに近しい者と接触《せっしょく》して行動を起こすということがうかがえる。

今回も案の定、付き人などは使わず単身で乗り込《こ》んできた。

おそらく、これまで自分が多くの人を陥《おとしい》れてきたことから、部下ですら信用できなくなっているのだろう。

……だが、利用できるものは何でも利用するはず。たとえ信用はできなくとも、部下の介入《かいにゅう》は必ずあると考えていい。

それがもしも男だったら、心の声が読めない分、対処は難しくなるだろう……。

前を歩く小春は、後ろを歩く俺とみずきを一瞥《いちべつ》して、

「《ちっ。この結奈って子、本当に邪魔《じゃま》ですね……。四人で一組のグループのはずが、こ

れでは二対二……。西園寺みずきと二武幸太の隙をさぐる暇《ひま》もないじゃないですか……》」

ふっふっふ。

どうだ、うちの妹は。とてつもないおせっかい焼きだろう？

結奈は小春の腕にしがみつきながら、夜店で売っている食べ物を指差してはどれがうまいかを一つ一つ丁寧《ていねい》に説明していた。

小春はそれを聞き流しながら周囲を見回すと、不意にくじ屋の前で足を止めた。

「あ、くじ引きがあるんですね《ふふふ。手始めにここで、西園寺みずきと二武幸太の間に溝《みぞ》を作ってあげましょうか》」

俺とみずきの間に溝？

くじ屋で？

なにをする気だ……？

くじ屋の前にはいくつもの景品が入ったガラスケースが設置してあり、そこから何本も赤い紐《ひも》が伸びている。

どうやらその中から好きな紐を引き、ガラスケースの中の景品と繋《つな》がっていたらそれがもらえるということらしい。

みずきは訝しげな表情でガラスケースを睨みつけ、

「えぇー。こういうのってほんとに当たるのかなー？」

すると、髭《ひげ》を生やした店主は笑い声を上げ、

「あっはっは。もちろんだ。うちは昔っからここでまっとうに商売させてもらってるからなぁ。一回五百円だし、運試《うんだめ》しに一度試《ため》してみればいい」

みずきの言う通り、こういうのは高額景品だけは当たらないようになっている。

ネットでくじ全部引く動画を観《み》たことあるから間違いない。

やっぱり、こんなくじなんかで俺とみずきの間に亀裂《きれつ》なんて入れようがないよな……。

みずきは素っ気なく、

「ボクはいいかなぁ」

結奈は最初からくじには興味がないらしく、横にあったイカ焼き屋の列に並んでしまっている。

髭面《ひげづら》の店主はターゲットを俺に絞《しぼ》ると、

「どうだい、お兄さん。やってかないかい？」

こういうのは絶対当たらない。

そんなの常識だ。引くだけ金の無駄《むだ》。

だけど……。

ガラスケースの中にある最新ゲーム機が欲《ほ》しすぎてヤバい！

いや、当たらないのはわかってるんだぞ？

わ、わかってるんだけど……。

万が一あれが五百円で手に入れば……。

ゴクリ……。

「じゃ、じゃあ、一回だけ……」

「まいど！」

どうして人間はこんなに愚《おろ》かな生き物なんだ……。

店主に五百円を渡し、ガラスケースの上から伸びている赤い紐を慎重《しんちょう》に選ぶ。

その様子をとなりで見ているみずきが、どこかからかうように言った。

「どれ選んでも同じだと思うよ」

「うるさいなぁ。俺の神引き見せてやるよ！」

「わけわかんない人形とか引かないようにねー」

いつまでも半笑いで見てくるみずきに見せつけるように、何十本もある赤い紐の中から一本だけを勢いよく引いた。

すると、ガラスケースの中に詰《つ》められた景品の中から、ぽん、と犬とも猫《ねこ》ともつかない二足歩行の動物が舌を出している人形が現れた。

ほんとにわけわかんない人形引いちまった……。

「はいよ。お兄さん、ありがとね」

五百円と引き換《か》えに、いったいなんのキャラクターなのかもわからない人形が手元に残った。

「お、俺はどうしてこんなもののために、大事なお金を……？」

「まぁ、元気だしなよ。くじなんてそんなもんだって」

ぽん、と俺の肩に手をおいて慰《なぐさ》めてくるみずき。

けれど、俺の醜態《しゅうたい》を見ていたにもかかわらず、小春は意気揚々《いきようよう》と髭面の店主に、

「じゃあ、わたくしも一回分お願いします。はい、五百円《なにを隠そう、この店主は道明寺グループで働いている社員の一人。ふふふ。くじ屋だけではありません。毎年、ここにある夜店のおよそ半分が、道明寺グループにかかわりのある者が出店したものなんです。無論、事前に打ち合わせはばっちり済ませてありますからね。普通《ふつう》に引けば当たるはずのないこのくじも、わたくしが引けば好きなものを当てることが可能ですわ！》」

うっわぁ、汚ねぇ……。

つーかやっぱ当たらねぇのかよ！

返せ、俺の五百円！

小春がいそいそと赤い紐を引っ張ると、ガラスケースの中の景品が一つ上方へ持ち上がった。

てっきり大当たりのゲーム機が引っ張られると思っていたが、ぶら下がっているのはまったく別の景品だった。

髭面の店主があっけらかんとして言う。

「おぉ。おめでとうお嬢《じょう》さん。景品はハンカチだな。これはそこそこいいハンカチなんだぞ？」

ハンカチ？

言われて見ると、たしかにそれはハンカチだった。

黒と白のチェック柄が入った少し厚手のもので、店主の言う通り上質な布を使っているように見えた。

ほんとにただのハンカチみたいだな……。

小春が店主とグルだってことは、このハンカチを小春は引きたかったってことだよな？

どうしてわざわざハンカチなんだ……？

「はい、お嬢さん」

「ありがとうございます」

ハンカチを受け取った小春は、小さく口角を上げる。

「《すでに構築された人間関係にヒビを入れるには、小さな一撃《いちげき》から確実に決める必要があります。西園寺みずきは今のところ、わたくしを婚約者《こんやくしゃ》だとは認めていない。ですが、異性から婚約を申《もう》し込まれて嫌《いや》な気分になる者はいません。だからこそここで手に入れたハンカチを、西園寺みずきではなく、二武幸太にプレゼントすることで、西園寺みずきの中に眠る嫉妬《しっと》心《しん》を叩《たた》き起こす。そうすることで、次第《しだい》にわたくしを意識するようになるのです》」

俺はこの道明寺小春の考えを、真っ向から笑い飛ばすことはできなかった。

普通なら、『たった一枚のハンカチを渡したところでなにも変わらない』、『そんな思い通りにいくはずがない』と考える。

だが、日頃《ひごろ》から他人の心の声を聞いている俺は、ほんの些細《ささい》な出来事でも人の考えが百八十度変わってしまうことをよく知っていた。

なるほど……。

たかがハンカチ一枚と笑えないな……。

どんな人間にも嫉妬心はある。

これはそこを巧妙《こうみょう》につくいい作戦だ。

みずきの正体は女であり、いくら小春が俺に好意らしきものを向けようと、みずきの嫉妬心が俺に向くことはない。

しかしだ。

小春は知らないが、みずきの好意の矛先《ほこさき》は今、俺に向いている。

その俺がやすやすとプレゼントを受け取れば、俺にプレゼントをした小春に対して嫉妬心を覚えるか、それとも、簡単に異性からのプレゼントを受け取った俺にやきもちをやくか、だ。

前者であれば問題ないが、後者だと後々面倒になるかもしれない。

さて、どうしたものか……。

小春はあえてみずきを無視し、俺の目の前まで来るとしたたかに言い放った。

「あの、これ、今日わたくしを誘《さそ》ってくれたお礼です。どうかお受け取りください」

誘ってくれた、か……。

みずきの嫉妬心を煽《あお》ると同時に、『友達が欲しくてどうしても一緒に遊びたかった』人から、『友達がいないことを気遣《きづか》ってもらった』人に自分の印象を変えたいわけだ。

しかも、お礼ともなれば真っ向からプレゼントの受け取りを拒否《きょひ》しづらくなる……。

ならここは……。

「ありがとう。おーい、結奈。小春さんからハンカチもらったぞ」

イカ焼きを頬張《ほおば》っていた結奈は、

「ハンカチ？　あ、あぁ、ありがとう……。でもなんで今ハンカチ……？」

と、イカ焼きに夢中になっていたせいで完全に置いてけぼりになっていたが、これでいい。

俺の反応に、小春は内心で舌打ちをした。

「《ちっ。今の反応だと、わたくしが二武幸太にハンカチをプレゼントしたのではなく、二武家にハンカチをプレゼントしたことになる……。これだと西園寺みずきの嫉妬心は煽れない……。まさかこの男、わたくしの意図を見破って対策してきた……？　だったら次は、もっと別の直接的な方法でアプローチするしかないですね……》」

直接的な方法ね……。

やってみろ。

どんな些細なことでも、何一つ思い通りになんてしてやるものか。

◇　◇　◇

その後は、射的やら輪投げやらに立ち寄ったものの、そこで小春がなにかしかけてくるということは一度もなかった。

それだけではなく、次の屋台をさがして練り歩いている今でも、最初に形成した結奈と小春、俺とみずきという二対二のペアすら変化していない。

てっきりもっといろいろしかけてくると思っていたけど、拍子抜《ひょうしぬ》けだな……。

このまま祭りも終わるんじゃないか？

ふと綾乃のことを思い出し、スマホを取り出してみるが、連絡《れんらく》はない。

『今輪投げ終わったとこだ。次は河川敷の方に向かってる』

念のため、いつでも綾乃が合流できるように逐一《ちくいち》こちらの場所を伝えてはいるが、この調子じゃ最後まで来れないかもしれない。

せっかくだから、一緒に回りたかったな……。

「てやっ！」

というみずきの掛《か》け声《ごえ》と共に、頬《ほお》にひんやりとした感触《かんしょく》がぶつかった。

見ると、みずきが両手に一本ずつラムネを持って、そのうち一本が俺の頬に押《お》しつけられていた。

「つめたっ！」

咄嗟《とっさ》に後ろへ下がると、はいっ、とみずきにラムネを手渡《てわた》された。

「そんな暗い顔してたらダメだよっ！　せっかくのお祭りなんだからさっ！」

「あ、あぁ……。悪い……」

「夢見ヶ崎《ゆめみがさき》さんから連絡ないの？」

おそらく何度もスマホを確認していたせいだろう。俺が綾乃のことを気にかけていることは筒抜《つつぬ》けだった。

「ないな。たぶん、まだ忙《いそが》しいんだろう」

「そっかぁ……。夢見ヶ崎さん、来たがってたのに残念だね……」

「ま、しかたない。こっちはこっちで楽しんでいこうぜ」

みずきにもらったラムネを一口飲むと、炭酸の刺激《しげき》が口の中いっぱいに広がり、舌が痛くなった。

子どもの頃《ころ》からまったく変わらないラムネの味に安堵《あんど》していると、前を歩いている小春が声を上げた。

「か、からっ⁉　なんですの、この飲み物⁉」

結奈はあっけらかんとして答える。

「あははー。ラムネだよ、ラムネ。小春ちゃん、炭酸飲まないの？」

「炭酸……？　これが……？」

「そう！　とってもおいしいでしょっ！」

小春は恐《おそ》る恐るラムネをもう一口飲むと、ぐっと眉をひそめた。

「やっぱりからい！　舌がピリピリする！　……あ、けどちょっと甘いですね……」

「そうでしょー？　結奈炭酸好きっ！」

そんな無邪気《むじゃき》な会話をしている小春は、とても竜崎つくしをけしかけたような人物には見えなかった。

道明寺小春は周囲にいる人の心を掌握《しょうあく》し、利用してきた。

きっと、そうするほかなかったのだろう。

……だが、同情はできない。

どんな事情であれ、みずきを陥れようとしている事実は変わらないのだから。

それまで無邪気にラムネを飲んでいた小春の目が、にたりと細くなる。

「あ、金魚すくいがありますよ。わたくしやってみたいです」

金魚すくいか……。

金魚はさっきのハンカチとは違《ちが》い、プレゼントしたところで、育てるのが面倒だからあげたんだな、ととらえられかねないし、さっきと同じく結奈を間に挟《はさ》む方法で簡単にやり過ごせる。

金魚が入っている長方形の水槽《すいそう》の前に、結奈とみずきが早々に腰《こし》を下ろした。

「結奈、金魚すくい得意だよっ！」

「久しぶりだなぁ、金魚すくい。あ、デメキンもいるよ！」

次いで、俺も二人の横に座《すわ》ると、最後に小春が右隣《みぎどなり》を陣《じん》取《ど》った。

三百円を払《はら》い、一人一個のポイを受け取る。

さて、と……。

次は直接的な方法を取ると言っていたけど、いったいなにをするつもりだ？

右に座っている小春の方から、心の声が聞こえてくる。

「《二武幸太は右利《みぎき》き。ならば右側を陣取って密着すれば、ハプニングを装《よそお》い、二武幸太の肘《ひじ》に胸を押しつけることが可能です。ふふふ。ボディタッチは性を意識させるための最も簡単な手段です。そのまま二武幸太に、わたくしに対しての好意を植えつけ、婚約者である西園寺みずきに嫉妬させれば、友情は脆くも消え去ることになるでしょう。やはり、恋愛《れんあい》のもつれが最も内部分裂《ぶんれつ》を招きやすいですからね》」

胸を押しつける気か……。

ほんとに直接的だな……。

だがしかし、その考えを聞いた以上、作戦に乗ってやるわけにはいかないな！

俺は利き手の右ではなく、左手でポイを掴《つか》み、そのまま泳いでいる金魚に的をしぼった。

咄嗟に、小春が首を傾《かし》げる。

「あ、あら？　幸太様って右利きではありませんでしたか？」

「ん？　あぁ、言ってなかったっけ。俺、金魚すくいの時だけ左手でやるんだよ」

「へ、へぇ……《えっ⁉　そんな変な人います⁉》」

くっくっく。

どうだ。臆面《おくめん》もなく言い切ってやったぞ。

たしかに小春の作戦通り、ボディタッチはお互《たが》いの距離《きょり》を縮めたり、性を意識させるにはうってつけだ。

俺だってこれまで何度そんな場面に遭遇《そうぐう》してきたことか……。

あぁ……。思い出しただけで恥《は》ずかしさがこみあげてくる……。

思い通りにいかず、小春は苛立《いらだ》ったように、

「《しかたないですわね……。ならば次です。金魚すくいが下手なフリをして、二武幸太に教えさせる。人間は自分の知識を披露《ひろう》することに快感を覚える生き物。きっとわたくしが頼《たの》めば、手取り足取り教えてくれるでしょう。そうすれば、親密になるわたくしと二武幸太を見て、西園寺みずきが意識してくるはず》」

小春はポイで金魚をすくおうとするが、あえなく破れてしまった。

「あら？　破れてしまいました、残念……。幸太様、できればやりかたを教えて――なっ⁉」

小春は言葉を詰まらせた。

何故なら、すでに俺のポイは一匹《ぴき》の金魚も捕《つか》まえることなく無残に破れていたからだ。

小春は目を点にして、

「《へ、下手！　この男、圧倒的に金魚すくいが下手！　くっ！　これでは金魚すくいを教えてほしいとは言えません……。で、でしたら！》」

小春が強面《こわもて》の店主に目で合図を送ると、店主は足元からポイを二つ掴んで、

「お嬢ちゃんとお兄さん。ちょっと早く破れちゃったから、もう一回ずつおまけしてあげ

るよ」

「わぁ！　ありがとうございます！」

ここの店主もグルかよ……。

「あ、ありがとうございま……す？」

俺に手渡されたポイには、さっきのものよりも明らかに分厚い和紙が貼《は》りつけてあった。

これだと、普通に金魚をすくってたんじゃ破れないぞ……。

小春め……。俺が簡単にポイを破らないよう、わざと頑丈《がんじょう》なポイを渡させやがったな……。

小春はほくそ笑み、

「《それは子供用のポイに改良を加え、さらに頑丈にしたものです。ちょっとやそっとじゃ破れませんよ》」

小春の言う通り、たしかにこの和紙の厚さだと、たとえ水を吸っても金魚が破るのは難しいだろう。

だから俺はあえて、大量の金魚の中でじっと身をひそめているミドリガメの真下にポイを忍《しの》ばせた。

小春がゴクリと喉《のど》を鳴らす。

「《ま、まさか……そのヘタクソな技量でミドリガメに狙いを定めたというんですか……？

あ、ありえない……。さっきは金魚一匹すくえず脱落《だつらく》したというのに、なんという学習力のなさ……》」

言いたい放題言いやがって……。

差し込んだポイをミドリガメの腹部にあてがい、そのまま水底から思いきり持ち上げると、ミドリガメの重さと水の圧力により、頑丈なポイもあっさりと敗れさった。

ふっ。俺にかかればこのくらいのポイ、一瞬《いっしゅん》で破ってやるぜ。

「《ぐぬぬ……。まさか二武幸太がここまで不器用だったとは……》」

静かに火花を散らす俺たちとは違い、みずきと結奈は楽しそうに金魚をすくってきゃっきゃと騒《さわ》いでいた。

あれ？　俺たちなんでこんなことしてるんだっけ……？

一瞬目的を忘れそうになったが、すくい終わった金魚を袋《ふくろ》に詰めてもらったみずきの言葉ですぐさま現実に戻《もど》された。

「あっ！　もうすぐ花火が上がる時間だよっ！　どっかいい場所さがしに行かなきゃ！」

スマホで時間を確認《かくにん》すると、たしかにもうあと数分で花火が打ち上がる時間だった。

結局、綾乃は間に合わなかったか……。

「じゃあ、他の場所に移動するか。事前に花火が見えるいいスポットを調べておいたんだ」

「へぇ！　さすが幸太！　時間があり余ってたんだね！」

「え？　なんでそんな嫌な言い方すんの？　……まぁ、たしかに夏休み中ずっと暇だったけど」

右隣に視線を移すと、小春もすでに新しく受け取ったポイに穴を開けたあとだった。

小春は不満げな表情で使い終えたポイを店主に返している。

「《まさかこんなにも思い通りにいかないなんて……。今まではもっと簡単に成功したのに……。それもこれも、この二武幸太という男のせいですわ……。それにこの男、わたくしの付き人から、わたくしがここへ来ると聞いていたと言っていましたが、それは考えにくい……。どこかから情報を手に入れたことは間違《まちが》いないんでしょうけど、その方法も見当がつきません……。ふぅ……。また作戦を練り直して出直した方がいいかもしれませんね》」

出直すって……。

まだこんなこと続ける気なのかよ……。

勘弁《かんべん》してくれ、マジで……。

結奈はすでに金魚すくいの屋台からは離《はな》れていて、こちらに向かって手を振《ふ》っている。

「ねぇ！　みんなぁ、早く行こうよ！　花火見に行くんでしょー？」

みずきもそれにならってそそくさと結奈のもとへ小走りする。

俺は、自分の思い通りにことが運ばず落胆《らくたん》している小春に、

「じゃあ、俺たちも行くか」

「そう、ですわね……《なんだか今日はすごく疲《つか》れましたね……。花火を見終えたらすぐに家に帰って寝――》」


それは唐突《とうとつ》に起こった。


それまで座って金魚すくいをしていたせいか、小春は立ち上がった瞬間《しゅんかん》に体勢を崩し、よろけてしまった。

とっさにそれを支えようと両手を出すが、間に合わず、俺はそのまま地面に押し倒《たお》され

るような形で転がってしまった。
小春がのしかかってきた、ドン、という衝撃《しょうげき》と、背中に砂利《じゃり》が擦《こす》れる感触。
鈍《にぶ》い痛みが背中から伝わってきたのと、座り続けていたせいで足がジンジンと痛んだ。
けれどなにより……。

俺の頬にそっと触《ふ》れる、小春の唇《くちびる》の感触が最も印象的だった。

「え……？」
思考が追いつかない。
全身の痛みさえ飛んでいくような、頬に感じる衝撃。
まさか、と思考を巡《めぐ》らせる。
小春はわざと倒れた？　いや、そんな素振《そぶ》りはなかった。
けど、ボディタッチは最も簡単に相手を意識させる行為《こうい》に他ならない。
それがキスならなおさらだ。
まずい……。
まずい、まずい！

この状況《じょうきょう》を、もしもみずきに見られたら！

注意事項《じこう》その四、『使用者に対する異性の好感度を急激に低下させて負の感情を肥大化させると、比例して心の声が増大し、使用者に頭痛を生じさせる。悪化すれば死ぬ』

脳裏《のうり》に過るのは、俺の命にかかわる例の注意事項だった。

慌《あわ》てて小春を押しのけ、みずきの方を見やる。

みずきは俺に好意を持っている。

好きな相手が異性にキスをされる瞬間を見れば、誰《だれ》だって動揺するはずだ。

そうなれば、俺の場合すぐに頭痛が起きてしまう。

人混みの中に、みずきはいる。

だが、結奈と一緒《いっしょ》に他の屋台に視線を向けていて、今ここで起こったことには一切《いっさい》気づいていないようだった。

よ、よかった……。

見られてない……。

なんとか命だけは助かっ——

「《こうちゃん……。どうして……？》」

まるで、後頭部を鈍器《どんき》で殴《なぐ》られたような衝撃が走った。

「ぐっ、あぁぁぁ！」

今まで感じたことのないほどの痛みは、容易に死を連想させた。

ど、どうして！

みずきは見ていなかったはず！

そ、それなのに、いったい誰が！

頭痛でふらつく視界の中。

ほんの一瞬、人混みが左右に開き、その奥《おく》に立っている人物を見ることができた。

「あ、綾乃……？」

そこにいたのは、巾着《きんちゃく》を片手に赤い浴衣《ゆかた》を着て、呆然《ぼうぜん》とこちらを見つめている綾乃の姿だった。

ただ、その顔は真っ青で、今にも泣きそうなのを必死でこらえていた。

まさか……。見られた？

今、小春にキスをされているところを……？

ぞっと背筋が寒くなる中、再び声が聞こえてくる。

「**《こうちゃん……。今、あの女の人と、キス、してた……？》**」

まずい……。
見られた。見られた。見られた。
どっどっど、と心臓の音が激しくなっていくのがわかる。
尋常《じんじょう》じゃない大きさの心の声。
この状態でこれ以上距離を詰められたら本当に死んでしまう。
一旦距離《いったんきょり》を取るしかない。

……いや、落ち着け。早まった行動に出るな。
綾乃はどこから見ていた？
俺がキスされたところからか？
それとも、小春が体勢を崩《くず》し、それを支えようとしていたところからか？
後者だとすれば、今は混乱しているだけですぐに説得できるはず。
そうだ。焦《あせ》る必要はない。
俺は知っている。この頭痛はほとんどの場合が一過性のもの。
たった一言でいい。綾乃の誤解が解ければすぐに収まるはずだ。
俺は、人混みの中で立ちすくむ綾乃に向かって声を張った。
「綾乃、聞いてくれ。今のは――」

冷静に立ち回ったつもりだった。
だが、俺は刃《やいば》と化した心の声を構えた綾乃を目の前に、すっかり動揺《どうよう》してしまっていて、見落としていたのだ。

敵が、すぐそばにいるということを。

俺が綾乃を説得しようと声をかけた瞬間、ぎゅっと腕に抱《だ》き着かれる感触があった。

小春だ。

小春が、俺の腕に抱き着いて、綾乃を挑発《ちょうはつ》したのだ。

小春は悪魔《あくま》のようにほくそ笑《え》む。


「《見つけました。二武幸太の弱点を！》」


小春は続ける。

「《キスは偶然《ぐうぜん》による事故でしたが、そのおかげでようやくつけいる隙《すき》を見つけました。以前から調査で、二武幸太と夢見ヶ崎綾乃が親密な関係なのはわかっていましたが、まさかキスを目撃《もくげき》しただけであれほど動揺するとは……。夢見ヶ崎綾乃はもっと冷静な性格をしていると思っていましたが、どうやら勘違《かんちが》いだったようですね》」

くっ！

この女！

慌てて小春の腕を振りほどくが、時すでに遅《おそ》く、綾乃の心の声が見えない砲弾《ほうだん》のように襲《おそ》い掛かってきた。

「《え？　腕を組んだ？　どうして？　二人はつき合ってるの？　いつから？　私が先にこうちゃんのことが好きだったのに……。嘘《うそ》だよね？　勘違いだよね？　なんとか言ってよ、こうちゃん！》」

鼻から勢いよく血が噴《ふ》き出てその場に両膝《りょうひざ》をつくと、さすがに様子がおかしいことに気づいた結奈とみずきが駆《か》け寄ってきた。

「ちょっと幸太！　大丈夫⁉」

「お兄ちゃん鼻血出てるよ！　ティッシュティッシュ！」

だ、だめだ……。

綾乃が混乱しているこんな状況で話し合いなんて、とてもじゃないができない……。

ならやはり、ここは距離を取るのが賢明《けんめい》か……。

鼻血を拭《ふ》きながらそんなことを考えていたが、次に聞こえた綾乃の心の声は意外なものだった。

「《ううん……。こうちゃんが私に黙《だま》って他の人とつき合うなんて考えられない。も、も

しも、こうちゃんが本当にその人とつき合っているとしたら、必ず私に教えてくれるはず……。そ、それに、さっきのキス……あの女の人が無理やりこうちゃんにのしかかったように見えた……。きっと理由があるはず……。それをちゃんと聞かなくちゃ！》」

キスという決定的な場面を目撃してしまったせいか、綾乃の動揺は未《いま》だ消えておらず、心の声は依然《いぜん》として俺の頭に突《つ》き刺《さ》さるような痛みを伴《ともな》って聞こえてきた。

しかし、これまで築いた信頼《しんらい》がそれを上回ったおかげか、綾乃はそれ以上の混乱をきたすことなく、こちらの言葉に耳を貸そうとしてくれている。

以前は、綾乃の好感度を上げてしまうたび、猫姫様《ねこひめさま》に小言を言われていた。

だが、その好感度はお互いの信頼感へと変わり、今こうして俺の命を救ってくれようとしている。

俺が選んだ道は、決して間違いじゃなかったんだ。

綾乃の反応が、俺にそう確信させてくれた。

俺はもう一度、大声で叫《さけ》んだ。

「綾乃、聞いてくれ。今のはただの偶然——」

ドォォォォォォォォォォン、と地鳴りのような音が響《ひび》き、俺の言葉をかき消した。

周囲から歓声《かんせい》が沸《わ》き上がり、皆《みな》が一様に夜空を見上げている。

そこには、見事なまでに煌々《こうこう》と輝《かがや》く花火が夜空に咲《さ》いていた。

ついに、花火が始まった。

……いや、始まってしまったのだ。

俺はもう一度、綾乃に向かって叫ぶ。

だが、今度もまた花火の音が言葉をかき消した。

「今のはただの——」

「偶然——」

また。

「俺たちはつき——」

また。

何度叫んでも、俺の言葉は花火の音にかき消され、人混みの向こうにいる綾乃には届かなかった。

俺の唯一《ゆいいつ》の武器と言ってもいい『言葉』が封《ふう》じられてしまったのだ。

たった一言でいい。

綾乃は、俺の言葉を待ってくれているのに。

こちらの事情を知らない綾乃は、一歩、また一歩とこちらへ近づいてくる。

「《**大丈夫……。こうちゃんの話を聞こう……。最悪なことなんて考えるな……**》」

必死に不安を押し殺し、なんとか冷静さを保とうとする綾乃が歩み寄ってくるたび、心の声は大きくなり、俺の命が徐々《じょじょ》に削《けず》り取られていくような感覚がした。

頭痛にさいなまれる中、小春の心の声がまじってくる。

「《まさか、これほどの動揺を示すとは……。……いいことを考えました。わたくしと二武幸太がつき合っているなんて嘘はどうせすぐにバレてしまいます。ならばもう一度、夢見ヶ崎綾乃の目の前で二武幸太にキスをしましょう。もちろん、今度は口同士で……。そうすれば、たとえわたくしと二武幸太が恋人《こいびと》でないと発覚したあとでも、その記憶は夢見ヶ崎綾乃の頭の中に深く刻《きざ》み込《こ》まれることになる。……この先、一生忘れられなくなるくらいにね。ふふふ。あとはその隙につけ込めば容易《たやす》くわたくしの思い通りに操《あやつ》れるでしょう》」

綾乃の目の前でキス、だと……？

そんなことをされれば、おそらく今度こそ俺は死ぬことになるだろう。

いくら綾乃が俺を信じてくれていようと、目の前の現実まではかき消すことはできない。

今の俺に残された選択肢《せんたくし》は二つ……。

花火の音が聞こえない場所まで行き、そこで綾乃に事情を話すか、花火が終わるまで遠くまで逃《に》げ、綾乃の心の声が落ち着いた頃に戻ってきて事情を話すか、だ。

一度話せば、きっとすぐにわかってもらえる。

だが、そのためにはまず距離を取らないとまずい。

これ以上近づかれたら、本当に死んじまう。

すまん、綾乃……。

心の中で綾乃に謝罪し、踵《きびす》を返して反対方向へと走り出した。

俺の突然《とつぜん》の行動に、みずきと結奈が目を丸くする。

「ちょ、ちょっと幸太⁉」

「お兄ちゃん！　走ったら危ないよ！」

とにかく今は走れ！

綾乃と距離を取るんだ！

綾乃がいる方向とは逆の人混みに飛び込み、その中をすり抜《ぬ》けるように進む。

すると、すかさず後方から小春が俺を追いかけてきた。

「《逃がさない！　絶対にキスしてやりますわ！》」

次いで、綾乃も慌てて駆け出した。

「《幸太！　待ってよ！　ちゃんと……ちゃんと話してよ！》」

状況がわからない結奈とみずきだけが、お互いの顔を見合わせて首を傾げてその場に留《とど》まった。

祭りの会場になっている緑地公園の地図は頭に叩き込んである。

大丈夫だ。このまま走っていれば逃げきれる！

人混みをかきわけ、公園の外を目指して全力で地面を蹴《け》る。

だがその途中《とちゅう》、右手に痛みが走り、グンッ、と体が後方へと引っ張られた。

誰かに腕を掴まれたのだ。

まさか、二人のうちどちらかがもう追いついたのか⁉

すぐさま俺の腕を掴んだ相手の顔を確認するが、その人物にはまるっきり見覚えがなかった。

祭りの雰囲気《ふんいき》に不釣《ふつ》り合いな黒いスーツを着ていて、キッ、と俺を睨《にら》みつけている。

まさかこいつ、小春の手下か⁉

黒服の手を振りほどこうとするが、相手の力が強く、どうにもならない。

そうこうしているうちに、小春と綾乃との距離は着実に縮まりつつある。

周囲を見回せば、この黒服以外にも、俺をじっと睨みつつ、こちらへ近づいてくるいくつかの人影《ひとかげ》があった。

すでに囲まれてるってわけか……。

できれば奥の手は最後まで取っておきたかったが、しかたない……。

すぅっと大きく息を吸《す》い込むと、俺は周囲に響き渡《わた》るほどの大声で叫んだ。

「白夜《びゃくや》ぁぁぁぁぁぁぁぁ！」

その全力の叫びさえも、易々《やすやす》と花火の音によってかき消されてしまう。

だが、俺が呼んだのは人間ではない。

人間よりも遥《はる》かに耳がいい、猫《ねこ》である。

「にゃあお」

と、どこからか猫の鳴き声が聞こえた気がした。

その直後、それまで花火を見上げていた人たちが、慌てた様子で足元に視線を落とす。

「な、なんだ⁉　今、なにか通ったぞ！」「きゃっ！」「うわっ！　なんだ⁉」「こっちにもいるぞ！」「ネズミか⁉」「いや、猫だ！」

俺の掛け声に応えたのは、白夜が率いる野良猫軍団《のら》。

即座《そくざ》にやってきた猫たちは、的確に俺の敵を選別し、一斉《いっせい》に覆《おお》いかぶさって視界を遮《さえぎ》った。

どこからともなくやってきた白夜が俺の肩《かた》にぴょこんと乗ると、そのまま身を翻《ひるがえ》し、俺の腕を掴んでいる黒服の顔をシャッと爪《つめ》で引っかいた。

「ぐっ⁉　な、なんだこの猫は！」

白夜の一撃《いちげき》に怯《ひる》んだ相手が手を離した瞬間、俺は再び走り出した。

「あっ！　こ、こいつ！　待て！」

少しの間後方で男が叫んでいたが、それもすぐに猫たちの波に呑《の》まれて見えなくなった。

「サンキュー、白夜！　野良猫たち！　またお土産《みやげ》持っていくから期待してろよ！」

万全《ばんぜん》を期すため、俺はあらかじめ白夜を始めとした野良猫たちに、猫姫様を通じて協力を要請《ようせい》しておいた。

またニュースになりそうだけど、致《いた》し方《かた》ない。

こっちは命がかかってるんだ。

ここの緑地公園は大きな池をぐるりと囲む形で作られている。

なので道なりに構えられた屋台も、自然とぐるりと輪を描《えが》くように連なっていた。

そこの横道から大通りに出れば逃げきれる！

そう思って角を曲がろうとするが、強面の男が数人、明らかに人混みをかきわけ、険しい顔をしながら周囲を見回している。

おそらく、屋台をやっていた道明寺グループの連中だろう。

小春が俺を捕まえるように指示を出したに違いない……。

もう猫たちは全員出払《ではら》っている。同じ手は使えない。

この道がダメだとすると、あとは……。

事前に頭の中に入れておいた地図を必死に思い返しながら、抜け道をさぐる。

この調子だと、人通りの多い道は避《さ》けた方がいいか……。

だとすると……。

俺は大通りとは真逆にある河川敷《かせんしき》方面へと足を向けた。

そこには高架下《こうかした》に公衆トイレがポツンと設置してあり、その裏手の目立たない位置に、住宅街へと繋《つな》がる小道がのびている。

恐る恐る小道の奥を確認すると、どうやらこの道の存在を追手は把握《はあく》していないらしく、他に人影もなかった。

よし。大丈夫そうだな。

ほっと胸をなでおろしたのも束《つか》の間《ま》、後ろから声が追ってくる。

「待ってください、幸太様！　《絶対に逃がしませんよ！》」

と、小春。次いで、

「《幸太、お願い！　ちゃんと私と話して！》」

と、綾乃。

綾乃の方は未だに、心の声がビリビリと頭の中に響くほど大きかった。

振り返るとほど近い位置に二人を見つけ、俺は急いで小道へと足を踏《ふ》み込んだ。

池を囲み、夜店が連なっている道とは違い、ここの小道は砂利が多く、粘土質《ねんどしつ》で歪《ゆが》んでいるため、油断すると足をくじきそうになり、自然と速度は落ちてしまう。

もう一度振り返って二人を見やるが、距離は一定に保ったまま開かない。

落ち着け……。振り払えはしないけど、追いつかれることもない。

このまま住宅街へ抜けさえすれば、あとは角を何度も曲がってまけるはずだ。

もう少し！

もう少しで公園から出られる！

そのことだけを考えてひたすら走っていたが、俺は足を止めてしまった。

嘘、だろ……？

目の前には、あるはずのないフェンスが設置してあり、完全に道を塞《ふさ》いでいる。


『臨時資材置き場につき、通行不可』


資材置き場⁉

フェンスの向こうには、ベニヤ板やらガスボンベやらがびっしりと積まれていて、たとえフェンスを越《こ》えても到底《とうてい》進めそうにはなかった。

しまった！　人通りの少ないこの道は、祭りの時には通行止めにされているのか！

事前に地図は頭に入れていた。

だが、祭りの際にどこが通行できなくなるかなどは想定していなかった。

左手には生垣《いけがき》でできた大きな壁《かべ》があり、右手には集会所の建物があるため、進めない。

くそっ！　完全に行き止まりだ！

ざざっ、と俺のすぐ後ろで足音がして、振り返ると息を切らした小春が追いついてきていた。

「《ふふふ。追い詰《つ》めましたよ、二武幸太》」

にじり寄る小春。

その遠く後ろから、とっとっと、とこちらに駆け寄ってくる綾乃の姿がある。

綾乃は小春よりもずっと遠くにいるのだが、その心の声は比べ物にならないほど大きかった。

「《見つけた！　こうちゃんだ！　やっと追いついた！》」

ぶつり、と何かが切れるような音が頭の中で響くと、直後、止まっていた鼻血がダラダラと垂れてきた。

咄嗟《とっさ》に小春から渡されたハンカチで鼻血を押《お》さえていると、それまでゆっくり距離を詰めていた小春の心の声が大きくなった。

「《よし！　今行けば完全に押し倒せる！》」

その言葉通りに、小春はこちらに向かって飛び込んできた。

しかし、小春の強襲《きょうしゅう》をすでに心の声で聞いていた俺は、飛び込んできた小春の体を完全にいなし、そのまま左手にある生垣へと突っ込ませることができた。

無様に生垣へと上半身を突っ込んだ小春は、お尻《しり》だけを突き出した状態でジタバタもがいている。

「あぎゃ⁉　ちょ、ちょっとこれ、抜けないんですけど！　どうなってるんですか！　ちょっとぉぉ！」

これで小春は動けない。

無理やりキスをして、綾乃にトラウマを与《あた》える作戦は失敗に終わった。

しかし、問題は綾乃の方だ。

俺が行き止まりで動けないことを知った綾乃は、走るのをやめ、歩きながらこちらに近づき、息を整えている。

「《**信じたい……。こうちゃん……。お願い……。さっきのは偶然だって言って……**》」

綾乃の心の声が頭の中に響くたび、ぐらぐらと視界が揺《ゆ》れ、立っていることさえままならず、その場に膝《ひざ》をついてしまった。

「あ、綾乃、俺は――」

言葉を発するも、それは花火の音によってかき消された。

花火が終わる時間まではまだ一時間以上残っている。

だめだ……。

これ以上打つ手がない……。

たとえ心の声を聞いて相手が求める言葉がわかったところで、その言葉を伝える術がなければ意味がない……。

……言葉を伝える術？

ちょっと待てよ……。

俺の脳裏に、以前みずきから聞いた『天女《てんにょ》の橋渡《はしわた》し』の話がよみがえった。

あの話に出てきた幼馴染《おさななじみ》はたしか、橋の上で愛を告白する前に手紙で相手をその場所へ呼び出したんじゃなかったか？

……そうだ！　手紙だ！

スマホのメッセージ機能を使えば、俺の言葉が花火の音でかき消される心配はない！

俺は急いでスマホを取り出し、小春との件は事故だった旨《むね》の文章を入力し始めた。

だがその瞬間、俺がスマホを操作するのを見た綾乃は行動を起こした。

「《どうして今スマホを見てるの……？　どうして私を見てくれないの……？　こうちゃん！　こうちゃん！　こうちゃん！》」

俺がスマホを触《さわ》ったせいで、綾乃の焦りを募《つの》らせてしまった。

結果、それまで歩いて呼吸を整えていた綾乃は、たまらず走り出したのだ。

しまった……。

文章の入力が間に合わない……。

それに、この状況で綾乃がスマホを確認してくれるとは思えない……。

終わった……。

俺はここで、本当に……。

綾乃が距離《きょり》を詰めるのにしたがい、その心の声が凶器《きょうき》となって俺の脳に突き刺さる。

その状況で、これまでの記憶《きおく》がまるで走馬灯のように呼び起こされた。


みずきが俺を内緒《ないしょ》でテーマパークに誘《さそ》った時の、スマホでの会話……。

『じゃあ、どこに行くかは会ってからのお楽しみってことで』

『なんだよそれ……。まさかまた変なパーティーに連れて行かれるんじゃないだろうな』

『あはは！　違《ちが》う違う！　もっと楽しい場所だよ！』

『楽しい場所？　どこだ？』

『ふふふー。内緒だよー』

そうだ……。
あの時、みずきはどうして俺に内緒にできたんだ？
心の声が聞こえる俺に、どうして……？
いや、思い出せ……。
今まで、一度でもあったか……？

スマホの会話で、相手の心の声が聞こえたことが。

すがるしかなかった。
このあやふやな可能性に。
俺はスマホでの文章入力をやめ、代わりに、通話ボタンをタップした。
おそらく、綾乃が持っている巾着の中にスマホが入っているはずだ。
だが、綾乃はそれに気づかない。

だったら！

俺は頭が痛むのを必死で我慢《がまん》しながら立ち上がると、鼻血を拭きとり、スマホを耳に当て、キッと綾乃に視線を向けた。

綾乃は、それでも歩幅《ほはば》を狭《せば》めない。

「《こうちゃんがこっちを見てる……。きっと、こうちゃんも私と話したいんだ……。ここまで逃げた理由はわかる……》」

綾乃は、スマホの着信に気づかない。

「《きっと、あんな場面を見た私がパニックになって、こうちゃんを責めると思ったから逃げたんだ……。きっと、今までの私ならそうしてた……》」

もう、距離はかなり近づいている。

頼《たの》む！　綾乃！

スマホを見てくれ！

「《けど、もう違うよ？　私はこうちゃんを信じる。だから、声を聞かせて！　……あれ？　私のスマホが鳴ってる？　それに、よく見たらこうちゃんもスマホを耳にあててるし……。まさか……》」

綾乃は足を止めた。

そして、恐《おそ》る恐る巾着の中からスマホを取り出すと、そこに俺の名前が表示されているのを見てぎょっと目を見開いた。

「**《こうちゃんから着信!?》**」

ピッ、と通話が繋がる音が聞こえると、スマホのスピーカーから綾乃の声が聞こえてくる。

『こう、た？　どうしたの？　なんで電話？』

目の前の綾乃からは依然として混乱したような心の声が大音量で聞こえてくる。

だが、それは決してスピーカーを通して近くなったりはしなかった。

やはり、心の声は電話だと聞こえないようだ。

ほっと安堵《あんど》のため息をつき、返答する。

「花火の音がうるさいからだ」

『そう……』

綾乃は不安げな表情でたずねる。

『キス、してたね……』

「あぁ」

『あれは事故……なんだよね？』

「そうだ」

『そう、だよね……』

まるであらかじめ知っていた答えを聞いたように、綾乃は落ち着いたようで、それまで聞こえていた心の声も徐々に小さくなっていった。

綾乃はスマホを耳にあてながら、再びこちらへ接近してくる。

さっきまで頭に響いていた心の声を思い出し、一瞬《いっしゅん》怯《ひる》むが、動かずにその場にとどまり、綾乃を待った。

綾乃が目の前で立ち止まる。

すでに肉声が聞こえる距離まで近づいたが、未だにお互《たが》い耳にスマホをあてている。

そして、キッと俺を睨んだ綾乃の目は、どこか不安そうに歪んでいた。

「お願いだから。もう誰ともキスなんてしないで」

有無《うむ》を言わせぬその迫力《はくりょく》に、俺は静かに頷《うなず》いた。

「ご、ごめん……」

一言謝《あやま》ると、綾乃は納得《なっとく》したのか通話を切り、俺もそれに倣《なら》ってスマホをしまった。

綾乃は目に涙《なみだ》をためながら、最後に一言つけ加える。

「約束だよ……？」

その憂《うれ》いを含《ふく》んだ表情に、ドキリと心臓が高鳴った。

「あ、あぁ……。約束する」

「うん。約束」

安心したように綾乃がほんの少し口元を緩《ゆる》めると、それまで生垣に突っ込んでいた小春が、ぷはぁ、とようやく上半身を引っこ抜いた。

小春はぜいぜいと息を乱しながら、葉っぱだらけになった髪《かみ》の毛を振《ふ》り乱し、再びこちらを睨みつけた。

「くっ……。こんな屈辱《くつじょく》、初めてですわ……。絶対に許さ――」

脅《おど》し文句《もんく》を言っている最中に、綾乃が小春の襟首《えりくび》を掴《つか》み、語気を荒らげた。

「これ以上幸太にちょっかい出したら許さないから」

そのあまりの剣幕《けんまく》に、小春は喉《のど》から、ひ、と小動物のような声を漏《も》らすと、へなへなと座《すわ》り込んでしまった。

小春はそのままわなわなと肩を震《ふる》わせたかと思うと、今度はポロポロと子どものように涙を流しながら大声で叫んだ。

「もう帰ります！　婚約《こんやく》の話も取りやめます！　だから許してください！」

そうして小春は、遅《おく》れてやってきた黒服連中に背負われ、その場から去って行った。

綾乃はその背中を見送りながら小首を傾《かし》げている。

「ところであれは誰《だれ》だったの……？」

「あぁー……。まぁ、うん……。長くなりそうだからあとで説明するわ」

綾乃は夜空に打ちあがっている花火を見ると、恥《は》ずかしそうに目を伏《ふ》せて言った。

「あ、あの、ね……幸太。ちょっと、一緒《いっしょ》に来てほしいところがあるんだけど、いいかな？

《この公園のすぐとなりに、『天女の橋渡し』の舞台《ぶたい》になった猫伏見橋《ねこふしみばし》がある……。そこで告白すれば、必ず成功する……。うん。こうちゃんに想《おも》いを告げるなら、今日この日しかないよね！》」

緊張《きんちょう》した面持《おもも》ちの綾乃に、俺はあっさりと答えた。

「あぁ、いいよ」

「じゃ、じゃあ、行こっか《よし！　がんばれ綾乃！　ファイト！》」

内心で意気込《いきご》む綾乃を先頭に、再び公園を経由し、猫伏見橋まで歩を進める。

みずきから『天女の橋渡し』の話を聞いた時から、この状況《じょうきょう》は想定していた。

少しずつ橋との距離が近づいてくると、綾乃の頭上にハート型の物体がぷかぷかと浮《う》かび、その中に【十】という文字が表示された。

けれど、この状況になっても、俺は少しも取り乱さなかった。

大丈夫だ。俺はここ数か月、綾乃と一緒にいて、今の綾乃の性格は把握している。

だからわかるんだ。

この告白は、絶対に成功しないと……。

【九】、【八】、【七】

とカウントダウンが進む中、俺たちの視界にようやく猫伏見橋が飛び込んできた。

しかし、その橋を目撃した瞬間《しゅんかん》、

【五-STOP-】

と、カウントダウンの数字はピタリと停止した。

目の前に広がる光景に、綾乃は愕然《がくぜん》としている。

「な、な、なによ……これ……」

それもそのはずだ。

橋の上には、人、人、人。

どこを見渡《みわた》しても、そこには人、いや、『天女の橋渡し』の話を聞いたカップルたちがひしめきあっていたのだ。

綾乃はあからさまに肩を落としながら、

「こ、こんなはずじゃ……《こんなにたくさん人がいたんじゃ、とても告白なんてできないよぉ……》」

その途端《とたん》、ハートに表示されていた数字が【CLEAR】に変わったかと思うと、まるで風船の空気が抜けるように小さくなり、そのまま綺麗《きれい》さっぱり消え去った。

事前にここの情報を調べた際、橋の様子を撮影《さつえい》した写真を見つけ、花火の最中は橋の上が人でごった返すことは知っていた。

だからこそ、綾乃の性格ではこんな人混みの中で告白を決行しようなんて思わないとわかっていたのだ。

しょんぼりと落ち込んでいる綾乃に声をかける。

「ま、いろいろあったけど、花火に間に合ってよかった。仕事は今度こそ終わらせてきたのか？」

「はぁ……。まぁ、一応ね……《うぅ……。せっかくの告白チャンスがぁ……。もう今日はいいや……。また別の日にがんばろう……》」

ここへ来るまでにみずきたちにも連絡《れんらく》をしておいたが、二人してかき氷を食べているから合流するまでまだ少し時間がかかるらしい。

祭りを堪能《たんのう》してるなぁ……。

さて、と改めて綾乃に向き直る。

「じゃあ綾乃。今度は俺についてきてくれるか？」

「……え？　どこかに行くの？」

「ちょっと、な」

◇　◇　◇

綾乃を引きつれて来たのは、猫伏見橋のやや裏手にある林の中だった。

「ねぇ、幸太？　こんなところになにかあるの？」

「えっと……。あぁ、ここだここだ」

「ここ？」

林を抜けてたどり着いたのは、ひっそり流れる小川の上にかかった、こぢんまりとした木製の橋だった。

目の前に現れた橋に、綾乃は、へぇ、と声を漏らす。

「こんなところにも橋があったのね。全然人がいないけど……。あっ！　すごい！　この橋の上、ちょうど花火が見える！」

「あぁ。地元民もほとんど知らない、隠《かく》れスポットらしい。この辺りの人はみんな、さっきの大きな橋に集まるからな」

「へぇ！《物知りこうちゃんもかっこいい！　ハグさせて！》」

落ち着け。

ここを、地元民もほとんど知らない場所を俺がどうやって調べたのかは簡単だ。

以前、神楽猫神社で猫姫様に言われたことを思い出す。

『おっ。そうじゃそうじゃ。お前に一つ言いたいことがあったんじゃ』

『言いたいこと？』

『この前話しておった『猫伏見橋』ってのがあるじゃろう？　あれのことなんじゃが、お前あの橋のことを『大きな橋』と言っておったじゃろう？　あれから思い出したんじゃが、わしの知っておる猫伏見橋は決して『大きな橋』と呼べるような立派なものではなかったぞ？』

『そうなんですか？』

『うむ。というか小さくてもっとしょぼい橋じゃ』

『しょぼいって……。けど、今の話本当ですか？』

『うむ。まず間違《まちが》いない』

『そうですか……。じゃあ、俺も一度調べてみますね』

『ま、役に立つかは知らんがな』

『ですね……』

あのあと、『猫伏見橋』について詳《くわ》しく調べてみると、例の『天女の橋渡し』の噂《うわさ》を聞きつけた若者が、夏祭りの日になると橋を占拠《せんきょ》し、人の多さに老朽化《ろうきゅうか》していた『猫伏見橋』が崩落《ほうらく》するのではないかと役所は危惧《きぐ》した。

そこで解決策として出された案が、近くに新しくできた大きな橋の名前を『猫伏見橋』

とし、そちらを『天女の橋渡し』の舞台となった場所と流布することだった。

すなわち、さっきまでいた大勢の人が集まっていたあちらの『猫伏見橋』は新しく作られた偽物《にせもの》で、今俺たちが立っているこの小さな橋こそ、『天女の橋渡し』の舞台となった本物の『猫伏見橋』なのだ。

橋の欄干《らんかん》に両手をつきながら、花火に目を輝かせている綾乃を盗《ぬす》み見る。

「わぁ！　キレイ！　あ、見て見て幸太！　今の花の形してたよ！　すごいっ！」

俺は幸せだ。

こんなにいい子が、俺のことを好きになってくれた。

たとえ、今はこれ以上深い関係になれなくても……。

いつか……きっと……。

俺は、花火の音にかき消されればいいと思いながら、ぼそりと呟《つぶや》いた。

「高校を卒業したら、また一緒にここへ来てほしい。大事な話があるんだ」

花火の音はやまない。

きっと、今の俺の言葉も呑み込んでくれたに違いない。

って言った？》」


全部聞こえてたのかよ……。

あれ？　こういう時って花火の音で聞こえなくて、今なんか言った？　みたいな流れになるんじゃないの？

けれど、この橋が本物の『猫伏見橋』だと知らない綾乃は、俺の言葉の意図がつかめずに首を傾げた。

「《大事な話ってなんだろう……？　まさか告白!?　……なわけないよね。それなら、あっちの『猫伏見橋』の上で、とか言うに違いないし》」

そうそう。

普通《ふつう》そう考えるよな。

あぁ、よかった。綾乃が普通の考え方の持ち主で。

「《う～ん……。じゃあ、こうちゃんは結局なにが言いたかったんだろう？　……って、あれ？　あそこ、なにか落ちてる……？》」

ん？　なんだ？

それまで花火を見ていた綾乃は、橋の横に広がる林の方に視線を向けている。

なにがあるのかと、俺もそちらへじっと目を凝《こ》らすと、そこには苔《こけ》むした木で作られた一本の小さな柱が立っていて、あろうことか、『猫伏見橋』と彫《ほ》られているではないか。

「《猫伏見橋……？　あれ？　それって『天女の橋渡し』の舞台になった橋の名前だよね……？　どうしてこんなところに……？　え？　え？》」

やっぱ……。

ダラダラと汗《あせ》をかく俺に、綾乃の視線が鋭《するど》く突《つ》き刺《さ》さる。

「《もしかして、こっちが本当の『猫伏見橋』ってこと……？　だとするとこうちゃんはそのことを知っていて、私をここに連れて来た？　ちょ、ちょっと待って！　じゃあさっきの、高校を卒業したらここで大事な話があるって、もしかしてそういうこと!?》」

キラキラと期待のこもった目を向けられるが、俺は依然《いぜん》としてだらだらと汗を流すことしかできなかった。

ど、どうする……。

どうやってごまかせば……。

と、ひたすら狼狽《ろうばい》していると、綾乃は小さくため息をついた。

「《って、そんなわけないか……。私、緊張してついつい冷たい態度とかとっちゃうし、こうちゃんが私を好きになってくれるなんてありえないよね……。けど――》」

綾乃はほんの一歩だけ、バレないように俺の方へと近づいた。

「《――もしもそうだったら、いいなぁ》」

いつの間にか、綾乃は花火ではなく、俺の顔をじっと見つめていて、俺はそのことに気づかないふりをするため、ひたすら夜空を見上げていた。

結局、俺の言葉は正確には伝わらなかった。

けど、今はそれでいいんだ。

今は、まだそれで……。

だから、もう少しだけ待っててほしい。

この、おかしな能力がなくなる、その日まで。

心の中でそう呟くと、林の中から元気のある声が飛んできた。

「あー！　お兄ちゃんやっと見つけたぁ！　あっ！　やっぱり綾乃ちゃんもいた！　どうして二人とも走っていなくなったの⁉」

そう叫《さけ》んだ結奈に次いで、みずきも姿を現した。

「幸太、鼻血はもう大丈夫？　あれ？　道明寺さんは？」

そのあっけらかんとした二人の様子に、俺も綾乃も不思議と笑《え》みをこぼしてしまった。

俺は二人を手招きし、

「おーい、二人とも。こっちに来いよ。花火がよく見えるぞ」

我先にと走って来る結奈と、それに遅れて続くみずきも夜空に打ちあがった花火に目を向ける。

「わっ、ほんとだぁ！　お兄ちゃんいい穴場知ってるじゃん！　もしかして事前に調べてきたの？」

「お兄ちゃんの情報網《じょうほうもう》にかかればあっという間だったぞ」

「えー。なんかヤラシー」

「えっ！　なんで⁉」

みずきはクスクスと笑いながら、

「けど、ほんとに花火がよく見えるね」

「だろ？」

「うん。たぶん、ボク、今日見た花火は一生忘れないと思う《幸太と一緒に見れた、初めての花火だから》」

「そ、そうか……」

うぅ……。

みずきの好感度も日に日に上がってくるなぁ……。

いやまぁ、決して嫌《いや》じゃないんだけど、その……俺告白とかされたら死んじゃう体質だからさぁ……。

最後に綾乃が柄《がら》にもなく「たーまやー」と、叫んだあと、ちょっぴり恥ずかしそうに顔を赤らめていた。

エピローグ

神楽猫《かぐらねこ》神社の境内《けいだい》には、俺が持ってきたち〇～るをぺろぺろと幸せそうに舐《な》める猫たちがそこら中に寝転《ねころ》がっていた。

ちなみに白夜《びゃくや》だけは俺の腕《うで》の中で甘《あま》い鳴き声を漏らしている。

「白夜ぁ。ほんとありがとうなぁ。おかげで命拾いしたよ」

「にゃあ！」

そんな調子で白夜の頭をぐしぐしなでていると、嬉《うれ》しそうにち〇～るをしゃぶっている猫姫様《ねこひめさま》が近寄ってきた。

「まぁ、今回も命だけは助かったようでなによりじゃ。生きてさえおれば、大抵《たいてい》のことはなんとかなるからのぉ」

「ざっくりした生き方してますよね、猫姫様は……」

「なんじゃとぉ。わしを大雑把《おおざっぱ》でどうしようもない誰からも信仰《しんこう》されておらんだめな神じゃと申したか！」

「言ってません……」

信仰されてないの気にしてたのか……。

なんとなく猫姫様の頭に手を置くと、あからさまに嬉しそうな顔をして尻尾《しっぽ》を振っている。

「おっ！　なんじゃ⁉　なでる気か！　えぇい、こい！　思う存分なでなでさせてやろうではないか！　にゃはは！」

いや、なでにくいわ……。

多少気が削《そ》がれたものの、そのまま頭をなでてみると、猫姫様は満足そうに目を細めた。

「うむうむ。幸太《こうた》もやっとわしのもふもふがわかるようになってきたか。感心感心！」

「癒《いや》されるのは事実ですからねー」

「そうじゃろうそうじゃろう！」

白夜なでてる時と感覚は同じだけどな……。

一頻《ひとしき》り猫姫様の頭をなでたところで、俺は神楽猫神社からそのまま学校へ向かうことにした。

非常に残念ながら、夏休みも終わり、今日からまた学校が始まってしまうわけだ。

鳥居をくぐる前に、どうしても猫姫様に伝えたいことがあって振り返った。

白夜を抱《かか》えた猫姫様が、なにごとかと首を傾げる。

「ん？　どうした？　忘れ物か？」

「いえ、猫姫様に一つだけ言っておきたくて」

「む？　なんじゃ？」

「さっき、誰からも信仰されてないだめな神って言ってましたけど、俺は猫姫様のことを信じてますよ」

「……ふ、ふむ。当然じゃろうが。わしがどれだけお前のために働いてやっとると思うとるんじゃ」

「あはは。ほんと、助かってますよ。ま、こうなった原因のほとんどは猫姫様にあるんですけどね」

「そのことは言うな。わしはもう忘れることにした」

「いや、勝手に忘れられても……。けど、それを差し引いても、俺は猫姫様に会えてよかったと、心の底から思ってます」

「……ふむ。まぁ……なんじゃ……。はよう行け。学校に遅れるぞ」

猫姫様は照れたように白夜で顔を隠すと、しっしっ、と手で追い払うジェスチャーをした。

「あはは。じゃあ、行ってきます」

「おう。また次に来る時は土産《みやげ》を持ってくるように」

「にゃあ！」

　こうして、俺は神楽猫神社の鳥居をくぐった。

◇　◇　◇

「おはよう、幸太！　昨日ぶりだねっ！」

　机に鞄《かばん》を置くと、前に座っているみずきがこちらを振り返った。

「おはよう、みずき。さっそくだけど聞いてくれよぉ。結奈のやつ、自分ですくった金魚の世話を俺にさせようとするんだ……。しかも餌代《えさだい》まで俺の小遣《こづか》いから引くって……」

「あはは。それは災難だねー。ボクも金魚持って帰ったからさ、どっちが大きく育てられるか勝負だねっ」

「金魚ってそんなに大きくなるのか？」

「育て方によっては二十センチ超《こ》えるって聞いたことあるよ」

「マジかよ……。じゃあ俺はいつまでお小遣いから餌代を引かれることになるんだ……」

「……災難だね」

「はぁ……」

ふと、みずきは思い出したようにつけ加える。

「そう言えば、道明寺さんから連絡があって、なんだか婚約の話はなかったことにしてって急に言われたんだけど、どうかしたのかな？　昨日も途中《とちゅう》で帰っちゃったみたいだし」

「さぁな。けど、よかったじゃないか」

「……まぁ、そうなんだけどさ」

何気ないいつも通りのみずきとの会話。廊下《ろうか》を走る生徒の足音。それを注意する教師の声。窓から見える停滞《ていたい》する雲。

同じことを繰《く》り返しているようななにもない毎日が、俺はそこそこ好きだった。

こんな毎日が続くのなら、多少の無茶《むちゃ》でもやれる気がした。

卒業までまだ日はあるが、確実に学校生活は終わりへと近づいていく。

大丈夫だ。やってやれないことはない。

ガラリ、と教室の扉《とびら》が開く音が聞こえてくる。

カチャリカチャリと鞄の金具を鳴らして近づいてくる綾乃《あやの》の姿があった。

綾乃はとなりの席に腰《こし》かけると、いつものようにキッと俺を睨《にら》む。

「なによ」

お前がなんだよ……。

目が合ったら絡《から》んでくるってヤンキーなの？

ま、これもすでにいつもの光景の一つか。

今更《いまさら》急に変わったりなんかしないよな。

この調子で、卒業までなんとか騙《だま》し騙しやっていこう。

そう、思った次の瞬間、綾乃は俺に聞こえるか聞こえないかくらいの小さな声量で、信じられないことを言った。

「また来年も一緒に花火見ようね、こうちゃん」

「…………え？」

本当に今の言葉が綾乃の口から発せられたのか、それとも心の声を聞き間違えたのか、わからなくて綾乃の方を見るが、どうにもさっきと同じくムスッとしているままだ。

聞き間違い、だよな……？

綾乃が俺を、こうちゃん、なんて呼ぶわけないもんな……。

そう、だよな……？

そのはずだよな……？

じっと見つめる俺の視線に気づいたのか、綾乃は意味深な笑みを浮かべ、人差し指を口元にそっと持っていった。

「《ふふふ。ついにこうちゃんって呼んでやったぞ！　これで一歩前進だぁ！　やったぁ！》」

「は、ははは……」

どうやら、俺の大好きな日常は、いともたやすく崩壊《ほうかい》してしまうらしい。

……ま、そういう人生も捨てたもんじゃないか。

了

あとがき

お久しぶりです。六升六郎太です。

とうとう『バレかわ』のコミカライズが連載開始されました！

人生初のコミカライズに少々浮かれています。キャラクターたちのコミカルな動きや表情で物語が紡がれていく様子をぜひぜひご覧ください！

3巻のお話は、夏休みまっさかりの主人公たちがあれやこれやと奔走することになりましたが、本書の発売が予定されているのが冬なので、完全に季節感を外してしまいました。

今回の表紙案として浴衣姿の綾乃を提案したのですが、「水着の方がいろいろと都合がいいので水着にしましょう！」という担当編集さんの熱い想いから、見事水着姿の綾乃が表紙を飾ることになりました。

肌の露出が多くてかわいくて言うことなしです。季節感を犠牲にしたかいはあったんじゃないかと思います。

今作は初っ端から『明治維新よりも少し前』なんて大層な言葉から始まりますが、私は歴史がからきしダメなので、明治維新がなんなのか正直よくわかりません。「よぉし！すっごいむかしのはなしをかくぞー！」みたいな軽いノリで書いてしまいました。なので時代背景的におかしなことがあったら申し訳ありません。

私生活ではゆるゆるとフリーター生活を謳歌していたのですが、コロナの影響で今年いっぱいでバイト先が閉店することになり、急遽お仕事を探すことになりました。

シナリオライターなら多少経験が活かせるだろう、と小説を書いていることをアピールして応募先の企業に履歴書を送ると、「小説を書いてるんですね！　それではさっそく面接にお越しください！」とそこそこ手ごたえがある反応が返ってきたので、毎回十冊ずつ送られてくる見本誌を一冊ずつ、計五冊を手に面接に向かいました。

到着早々、これまで手掛けてきた制作物を見せていただけますかと聞かれたので、持ってきた五冊の小説を手渡し、「すごいですね！　これ全部いただいてよろしいんですか？」「もちろんです！」なんてやりとりをした直後——

「あ、それとうちでは副業禁止なので、小説書くのやめてもらっても大丈夫ですか？」

大丈夫じゃないですね！　そういうの最初に言ってください！

結局採用は見送りになり、五冊の見本誌を差し上げに行っただけになりました。

謝辞です。

いつも丁寧に指示を出してくださる担当編集様。おかげさまで毎回より良い作品になっていると思います。これからも何卒よろしくお願いいたします。

引き続きイラストを担当してくださったbun150先生、今回も表情豊かなキャラクターたちのイラストをありがとうございました。毎回ラフからかわいくてにやけてます。今後も機会がありましたら、よろしくお願いいたします。

最後にこの本を手に取ってくださった読者の皆様。本当にありがとうございます。

今後ともよろしくお願いいたします。

またいつかお会いできることを祈っています。

HJ文庫 https://firecross.jp/
981

いっつも塩対応な幼なじみだけど、俺に片想いしているのがバレバレでかわいい。3

2022年2月1日　初版発行

著者——六升六郎太

発行者—松下大介
発行所—株式会社ホビージャパン

〒151-0053
東京都渋谷区代々木2-15-8
電話　03(5304)7604（編集）
　　　03(5304)9112（営業）

印刷所——大日本印刷株式会社

装丁——AFTERGLOW／株式会社エストール

Printed in Japan

ISBN978-4-7986-2722-9　C0193

ファンレター、作品のご感想お待ちしております

〒151－0053　東京都渋谷区代々木2－15－8
(株)ホビージャパン HJ文庫編集部 気付
六升六郎太 先生／bun150 先生

アンケートはWeb上にて受け付けております

https://questant.jp/q/hjbunko

- 一部対応していない端末があります。
- サイトへのアクセスにかかる通信費はご負担ください。
- 中学生以下の方は、保護者の了承を得てからご回答ください。
- ご回答頂けた方の中から抽選で毎月10名様に、HJ文庫オリジナルグッズをお贈りいたします。